文春文庫

上機嫌な言葉 366日

田辺聖子

文藝春秋

はずみごころ――まえがき

田辺聖子

私は小説書きである。人生のさまざまな魅力を、小説という形式で組みたて、

〈こんな男、おきらいですか?〉

〈こんな女の子、いかが? 面白くって、かわいくって、でも少し意地わるも加わって、変幻自在なところがあって、面食《めんくら》わされますけど、ホントはいい娘《こ》なんです〉

なんていいつつ、読者にお伽話《ロマンス》を提供している。人生は生涯かけたお伽話だもの、結局は。

そしてラストのきわに、

（ああ、面白かった……）

といって笑えれば、極上の銘酒に酔うような人生であろう。酔生夢死《すいせいむし》、というのは、人間のあらまほしき人生かもしれない。

それが新しい境地へ、あなたをつれていってくれるかもしれない。

期待とはずみごころ。人間の持ってる、よきもの二つ——は、まさにそれ。年経《へ》ても、それは失せないはず。

——ただしかし、本来、人生は、孤立無援《こりつむえん》で戦わねばならぬときが多い。

そういうとき、ふと、何かの示唆を与えられる言葉が——それは書物《ほん》であれ、現実人生の知人の暗示であれ、何か、ささやかれると、それが突破口になるときもある。

あはあはと笑いつつ、ふと、あともどりしてページを繰り、あっと思う示唆にめぐりあうときもあるかもしれない。人生、いつも、はずみごころ……。

そういうときの、お役にたつであろうか、と、私は、雑なる文章を綴る。しかしそこには、お粗末ながら、長い年月の蓄積だけはある。つたない滴《したた》りながら、歳月の霧がかもし出す、いくばくかの香りがあるかもしれない。

それをおたのしみ頂ければ……と思うのみ。

それぞれ、よき歳月をお重ね下さいと、願うのみ。永いおつきあいの読者のかたがたのご多幸を祈る此頃である。私もラスト近いがはずみごころを忘れず、皆さまと生きてゆきたい。

目次

はずみごころ――まえがき 3

一月

人生をおいしくする 13

おなか、すく？　食欲ありますか？
それなら大丈夫、人生はこれからです。

二月

愛するものを一つでも多く持っているということ 31

お金より好きなものを持ってる人って、
現代では最高のロマンチストなんだもの。

三月

いそいそとする 55

なるべく、人生、〈いそいそする〉
ことが多いといいんだけどな。

四月

面白がる

「ぱあっと綺麗なもの」「陽気なもの」「かわったもの、新奇なもの」

「楽しくなるもの」に、いつもびっくりする、

面白がる精神を「失わはったら、あきまへんえ」

五月

気をとり直す、という才能

肉体・精神の不調で再生が難しい人は、

自己暗示をかけて下さい。自分で鏡を見て

（なんて、美しい）とか（かッわゆい！）と思って下さい。

六月

幸福の味わい

どんな所でも、おいしくたのしく食べられる、ということ。

あんまり、こまかく気をつかったり、心を労したりしないで、

のんびりいくこと。コセつかず、咎めだてせず、目を三角にしないこと。

七月
上機嫌はいちばん
私は人生で人間の上機嫌はいちばんすてきなもので、
砂の中の金のようなものだと思っている。
139

八月
ロマンチックというのは
ロマンチックというのは、人生が一瞬、あけぼのの色に、
仄明るんでくることです。それによって
気を取り直せるかもしれないこと。
159

九月
言葉の魔法
日常次元の言葉が、ある魔法によって、とたんに色かわり、
手の切れそうにするどく、いきいきしたものによみがえる、
そこから舞い上がる感動が、私には魅力である。
177

十月
夢をあきらめない
若い日の夢はあきらめずにじっと抱いていないといけない。
自分の身内に力の潮がみちてきたとき、必ずその卵は孵る。
197

十一月
毎日の楽しさ、というもの
私は人生を楽しむために生きるのだ、と思っている。
そして私の場合、楽しむことは人を愛すること、
人に愛されること、にほかならぬのである。
219

十二月
人生のタカラモノ
人生はトシ相応のタカラが
ゆく手ゆく手に埋められてある。
239

上機嫌な
言葉
366日

一月

人生をおいしくする

おなか、すく？　食欲ありますか？
それなら大丈夫、人生はこれからです。

一月一日

笑うこと。

毎日笑えるナニかをみつけるか、つくること。

ひよこのひとりごと

一月二日

すべてこの世であらまほしいのは、〈色をつける〉ということ。人生のいろんな場で、いろんな人との対応に、色をつける、という心があれば、世の中はふんわかしたムードになるのではあるまいか。

ひよこのひとりごと

一月三日

人にかわいがられる、ということは、男・女ともに幸福な徳性だが、かわいがられるだけでは人生の幸せは半分しか味わえない。自分が他の人をかわいがることができなければいけない。

iめぇ〜る

一月四日

私は、「よいことばかり　あるように日記」というのを作っている。（略）楽しかった旅行やパーティの写真、押花、スケッチ、観劇のチケットなんか貼ってある。〈今日、○○さんが、今月号の△△の××はよかったね、とほめてくれた〉なんて仕事でうれしい思いをしたこともぬからず、書いてある。

残花亭日暦

一月五日

おいしいものをさがす、つくる、食べる、ということはとってもたのしい人生の快楽である。ついでに、それについてしゃべることも。

星を撒く

一月六日

なるべく怒らぬよう。
怒ると人生の貯金が減る。

人生は、だましだまし

一月七日

おかゆ、というのは気長くとろとろとたくので、やさしい気持でないとつくれないものですが、これをたくのは、女は心が和んでいるときのようです。

手づくり夢絵本

一月八日

私のつくったモノを、「美味《おい》しい」といってくれれば、それだけで、探偵小説風にいうと、相手の「身許《みもと》が割れた」という感じになり、いままでの、寄りつきにくい、うさんくさい、よそよそしい感じはなくなってしまう。

お目にかかれて満足です

一月九日

時によって、人生では、約束ごとは、香辛料の役目を果すこともある。

篭にりんごテーブルにお茶…

一月十日
人間のトシなんて、主観的なものなんだ。猫も杓子も、同じように一つずつ、トシとるなんてものじゃない。

猫も杓子も

一月十一日
知らない人間のことを、ぼちぼち知ってゆく、というのはたのしいものである。

愛の幻滅

一月十二日
おなか、すく？　食欲ありますか？
それなら大丈夫、人生はこれからです。

ほのかに白粉の匂い

一月十三日

自分を客観視できぬような人間が、なんで他者を洞察できよう。

いっしょにお茶を

一月十四日

我々は、生きていく上で、かなりの復元力をもつものらしい。人生を漕ぎ渡る、我々の船は、大船ではないけれど、ひっくりかえってもまたチャンともと通りになって、水を汲み出したら、浮かぶようになっている、そこがおかしい。

妾宅・本宅

一月十五日

ああ、人生のルールは、
人が、それをたのしむためにあるのだ！

籠にりんごテーブルにお茶…

一月十六日

愛はまた人に好奇心をもつことでもある。
思いやりは好奇心、探究心から生れる。

いっしょにお茶を

一月十七日

化繊や人絹の紐のように、一見むすび目もかたく、五大力《りき》・恋の封じ目、おごそかな誓言をしてむすばれても、いつか自然にそら解けしてゆくのが、男と女の仲だと、私には思われる。どちらかが手を放すと、無際限に、野放図にほどけてゆく。

男はころり女はごろり

一月十八日

自分の味をもち、自己省察《せいさつ》できる女は、また、人に対して愛と思いやりをもてる。

いっしょにお茶を

一月十九日

愛は、いろんなものを創造し、
いろんな不可能を可能にします。

iめぇ～る

一月二十日

私にいわせれば、人を責めるのは想像力がないからである。責めるのは
何かの確信があるからで、確信と想像力は相反するものである。

お目にかかれて満足です

一月二十一日

「人間が人間をなぐさめるなんて不遜《ふそん》のきわみやないか。黙ってそっとしといたら、ええねん。人の気持に踏みこまん方がええよ」

蝶花喜遊図

一月二十二日

女をつくるのは男だけど、男をつくるのも女、なのよ。あんたら、いい男をつくる責任、あるわよ。がんばりなさい。

人生は、だましだまし

一月二十三日

旅はヨーロッパやアメリカばかりではなく、見知らぬ横丁にあるのだ。バスの行先標識にあるのだ。通勤電車の一駅先、そこで「降りたこともない」という駅にあるのだ。

ほのかに白粉の匂い

一月二十四日

私はくりかえしということが好きなので、新しいページをめくりたがってばかりいる人は弱いのである。人とじっくり、つき合うのも好きだし。

苺をつぶしながら

一月二十五日

女が心から（面白いわ。シアワセだわ。楽しいわ）と満足のタメイキをつくとき、その幸福感の余韻は周囲を静かにどよもし、よい薫《くゆ》りをはなち、社会全体に活力をもたらす。

男や子供たちは、女たちに愛されていきいきとよみがえる。

愛と幸福感は照り映えあって、女たちはまた、男や子供に愛されることで充実する。

いっしょにお茶を

一月二十六日

子供のときに考えることは、大人になってからのことと異質ではなく、すべての人生の祖型である。人は、オトナになって、その雛型《ひながた》にいろんなデコレーションや、バリエーションをほどこすが、大本のところは変らないものだ。

お目にかかれて満足です

一月二十七日

食物は、不幸な人がつくると、どこかに激越な、投げやりなものがあらわれて、こまやかな味わいにならない。

お目にかかれて満足です

一月二十八日

私は小説の中に、わりにたべるシーンをよく入れるが、これは「ただごと」小説では食事は重要な要素だからである。たべものは人の心と心をむすびつけ、愛を交すに大きい力をもつ。

猫なで日記

一月二十九日

いっとき遅くなれば、
楽しい未来をいっとき損するわ。

不機嫌な恋人

一月三十日

考えてみると、私もやっぱり、なんか面白いことを言い合ったりみつけたりして、皆であはあは笑っちゃうのが、いちばんの健康法ではないか、と思うようになっている。〈笑いは百薬《ひやくやく》の長《ちょう》〉とは古くからの人類のチエだ。

ひよこのひとりごと

一月三十一日

よく気をつけて、人と人との間に橋渡しをし、糸をつないでちょうだい。一つ、また一つ、笑顔の花びらをつないで、首かざりにするために。

ほのかに白粉の匂い

二月

愛するものを一つでも多く
持っているということ

お金より好きなものを持ってる人って、
現代では最高のロマンチストなんだもの。

二月一日

年齢《とし》を忘れさせてくれ、夢を与えてくれるから、美容院って大好き。もう何年も、いや、何十年かしら、行きつけのお店ではあるけれど、行くたびに心弾む。

ひよこのひとりごと

二月二日

いい小説やエッセー集、美しい紀行文などは、宝石やドレスや香水とおんなじに、人の心を美しくさせ、たのしませるものだからだ。

篭にりんごテーブルにお茶…

二月三日

こまかい手仕事は、私も（下手ですけど）好きです。それらがもたらす喜びの最も大きいものは、自分が好きと思って作り出したものを、人がまた心から喜んでくれるということです。「わあ、あなたもこれ、面白いと思ってくれる？　あたしもそう！」というときほど嬉《うれ》しいことはないのですもの。

手づくり夢絵本

二月四日

私は箱というものに興味がある（袋も好きだ）。こういうものには無限のロマンがある。私は箱を見ていると何か小説が書けそうな気がして（あくまで気がするだけであるが）一時間ぐらいはボーとしている。箱、筥、函、どの字も好きである。

二月五日

蓋《ふた》をしめるときも好きだが、開けるときの感じがたまらなくいい。蓋が身よりもひとまわり大きく作られているという、あたりまえのことが私にはうれしいので、箱の、蓋と身と、どっちが好きかといわれると、蓋のほうである。

猫なで日記

二月六日

宝塚を愛することは、はかなさを知ることだと思いつつ、宝石のかけらのような舞台のさまざまのシーンを、私は人生にたくわえてゆく。両の手にそれはいっぱいになり、身のまわりにきらめきこぼれる。

夢の菓子を食べて

二月七日

ローズ・ジャムを一壜買うために、あるいは蒼いバラを一本買うために、わざわざ神戸や大阪まで出かけてゆく、そういうことをして、充分、値打ちがある、そんなものがこの世にあるのであった。

お目にかかれて満足です

二月八日

私は変化するものが好きで、ポッポリイ（乾燥香花）の古いのも捨てずに持ち、梅干の壺みたいに、これは何年前の、花びらは何と何、薔薇《ばら》水何さじ、白檀《びゃくだん》はどのくらい、などと書いたラベルをガラス瓶に貼っている。だんだん香が淡く仄《ほの》かになり、花片の色がとんで褪《あ》せてくるのもたのしみにしていた。

お目にかかれて満足です

二月九日

ほんものの自然に出あったとき、その名と、それにちなんだ先人の句がとっさに思い浮かべられたりしたら、まあどんなに、われわれの人生は輝きをもって拡がることであろう。

性分でんねん

二月十日

お金より好きなものを持ってる人って、現代では最高のロマンチストなんだもの。

言い寄る

二月十一日

およそ、美容に関してカネを投じるには、ムキになる年代と、ヨタになる年代がある。中年以後はヨタでよい。「適当」にやるのは、自分の気やすめのためである。

それより、お化粧なり、おしゃれなりが、面白くなればいい、と思う。面白くなるのは、自分の美点を発見する能力が、（若いときより）うんとたかまるからである。

もっといえば、大体、中年（あるいは老年）以後に、自分の顔や容姿の欠点をあれこれと思う人は、それからしてすでに、「お化粧」や「おしゃれ」の本質から見放されてる人である。

iめぇ～る

二月十二日

ことにも長い冬を終え、春のことぶれがはじまるとき、私たちはじっとしてはおられなくなる。花をたずね、鳥を求めたいと思う。何と世には美しいものがみちみちていることかと思う。

性分でんねん

二月十三日

同じ人生を生きるのに、愛するものを一つでもたくさん持っているということはすてきなことです。犬や猫、そのほかの動物を愛することはなんとロマンチックなことでしょう。嫉妬や片思いや独占欲や絶望を、人は知るからです。——とくに、孤独の何たるかを。

ロマンチックはお好き

二月十四日

恋愛には批判精神という苦味《ビター》あってこそ
甘味は倍加されると思うのだ。

猫なで日記

二月十五日

恋愛というものは、あとで、
じーっと思い返して反芻するところに、妙味があるのだ。
そうやってると、二度でも三度でも、たのしい気分になれる。

愛の幻滅

二月十六日

私たち女は指環《ゆびわ》や首飾りのアクセサリー、小筥《こばこ》、ハンカチ、香水やら手袋、などの美しい身のまわりの小ものをいとおしみ、撫《な》でさすって楽しむ。(そういうものに関心のない女のひとはいるだろうけれど……)宝塚のかずかずの去った舞台の思い出は、心で撫でさする宝石である。

いっしょにお茶を

二月十七日

人生の先輩の年齢に達した私の、心からなるアドバイスとしては、女と生まれたことは、人を愛し人に愛されるためのすばらしい幸運、少なくとも女の生涯の仕事のうち半分は、愛することが仕事だということです。そうして、愛するものを得た場合、家庭を作ることは何というたのしい夢であるかということです。女に生まれて、よかったと思うほどの幸せ以上の幸せは、ほかにないのです。

iめぇ〜る

二月十八日

好きな装幀の、好きな小説があるのは、私には何にも代えがたいタカラモノに思われる。身近においてたのしむ。指環やネックレス、香水瓶《こうすいびん》、ハンカチのように愛し、撫《な》でさすり、ときにぱらぱらとめくって「食べちゃいたい」ように思う。

篭にりんごテーブルにお茶…

二月十九日

好きなものがある、美しいと思うものがある、

ということは、何と人間にとって快いぜいたくだろう。

篭にりんごテーブルにお茶…

二月二十日

昼間、ミナミのアメリカ村へいこうか、梅田の茶屋町《ちゃやまち》をひやかそうか、

と考えていたが、買物をしたり、掃除・洗濯なんてやってるうち、時間が

たってしまった。

この、何とはなしにたってしまう時間、――というのがいい。

薄荷草の恋

二月二十一日

四季、姿をかえる、年々、思いもかけぬところに、新しい花を発見する、そうして一つずつその名を知るとともに、いままで見えなかったことが雑草たちにみえてくる——恋のはじめも、その思いびとの名を知ることからはじまるのではないか。

いっしょにお茶を

二月二十二日

下品な人が下品な服装、行動をとるのは、これは正しい選択であって下品ではない。

しかし下品な人が、身にそぐわない上品なものをつけているのは下品である。

また、上品な人が、その上品さを自分で知っているのは下品である。

反対に、下品な人が、自分の下品さに気付いていることは上品である。

人生は、だましだまし

二月二十三日

美味しいものは人の心を結びつけます。

手づくり夢絵本

二月二十四日

ハンカチを手の中で扱うしぐさ、指使いの美しいしぐさ、すべてその人の身についたクセで、美しいものは、これはトシとって頬の色が褪せても消えない。生涯、その身につきまとい、いい匂《にお》いをもたらす。女の人は、ごく若いうちに、チャーミングなしぐさ、物ごし、性格をつちかってほしいものである。

ほのかに白粉の匂い

二月二十五日

宝塚はぬけぬけと愛を謳《うた》う。しれしれと真実を謳う。清く正しく美しく、という大テーマを信ずる。それがこの世に行なわれにくいのは、リアリストたる女たちが、いちばんよく知っている。女は、ある意味で男たちよりもっと苛烈な現実主義者、合理主義者である。

それだからこそ、一面、少女の夢を信じる部分がある。コドモだから荒唐無稽な愛と恋の夢を信ずるのではなくて、オトナだからこそ、その夢をいつくしむのである。

夢の菓子を食べて

二月二十六日

私は恋愛小説を書くのがわりに好きだ。
なぜかというと、〝人の心がわり〟ということほど、人生に大きなショックはないだろうから。挑戦しがいある文学テーマである。というのも、人は、人を好きになったり、愛したりする。それも人生では衝撃的なできごとであるが、愛がさめ、好意が薄れることも、人生には、ある。人は心がわりする。それを、とどめられないことも人生には、ある。

ひよこのひとりごと

二月二十七日

何があるんだろうと、一枚一枚、皮を剝《め》ってゆきたくなる（むいたら、何もないらっきょうかも知れないが）衝動が、恋のエネルギイかしら。

猫も杓子も

二月二十八日

ほんとに愛するものは、人は、肌《はだ》にあたためて抱きしめたくなるものだ。

篭にりんごテーブルにお茶…

うるう年のために

水もしたたる、という形容があるけれど、宝塚の男役ほど美しい男がこの世にいようか、それに、そこでくりひろげられるラブロマンスの世界というのは、一見、世ばなれた絵そらごとのようでありながら、実は深い深いところで人間の生きる意味の本質を衝《つ》いており、

(——おまえは何をしてきたか)

と問いかけて人をひそかに愕然《がくぜん》とさせるたぐいのものである。

三月

いそいそとする

なるべく、人生、〈いそいそする〉ことが多いといいんだけどな。

三月一日

春三月は愛の物語「源氏物語」を読みはじめられるにふさわしい月です。

手づくり夢絵本

三月二日

私は若い女の子の、ふっくらと血色よく、丸い頬が好きだ。とくに彼女の、厚化粧もしないのに、頬がほんのり、薄赤く染まってる、豊頬の美しさは、人生でほんの少しの期間しか持てない、若い娘（乙女、なんていうと、いま時の若い子はヒキツケを起したみたいにいやがる）だけの持つ美しさだ。

ひよこのひとりごと

三月三日

かしこさ、聡明、というのは女の子にこそ必要なんじゃないでしょうか。その人しか持ってないかしこさが、平凡な容貌をいっぺんにユニークな美しさに輝かせますもの――私は何でもないセーターや手袋に、思いつきのちょっとした遊びをするのが好きです。すると平凡なそれらにたちまち、何にも代えがたい魅力がうまれます。

手づくり夢絵本

三月四日

うちの、猫の額より狭い庭に、いっぺんに花が咲き出した。雪柳、水仙、パンジー、乙女椿《つばき》、彼岸桜。

春はなりふりかまわぬ、というていで、急ぎ足に、髪ふり乱してやってくる。

なにわの夕なぎ

三月五日

わたしは短篇を書くのが好きだが、テーマはつねに同じであった。愛すること、恋すること、生きるってなんと楽しいことだろう、という発見である。

あとがき　iめ～る

三月六日

人生を生きるのに、愛するもの、好きなことを一つでも多く増やすのは、たいへん、たのしい重要なことです。

あとがき　文車日記

三月七日

人間は、自分がしてもらうだけでなしに、相手にしてあげる面白さ、喜びをおぼえた方が愉快である。

ほのかに白粉の匂い

三月八日

尊敬して愛する、なんて考えただけでも辻褄《つじつま》の合わないコトバである。尊敬する、というのは、かぶとをぬぐことで、愛するというのは、かぶとと関係ない次元のことだから。

お目にかかれて満足です

三月九日

女の個性、というのが、なんでこうおしなべてみな同じに圧《お》しつぶされるのか、オトナの女になれば、ちっとは人とちがったことをして、そのちがいをたのしんだらいい、と私は思うのだが、いかがなものであろうか。

オトナの女の魅力は「個性」につきるのであって、それを発揮するチャンスの一つは「手紙」である。

いっしょにお茶を

三月十日

私たちはふつう、学校時代の友人を長く持ちつづけるし、また、友人はそこでいちばんできやすい。何といっても同じ水準の、同じ年頃の人間が固まっているのだから、友人ができなければウソである。しかしできやすい所でできた友人は、また離れやすいのも事実である。

iめぇ〜る

三月十一日

人のよきものを吸収するほうも、人によきものを照り映えさせるほうも、どちらも愛あってこそだろうと思われた。人間と人間が影響し合うということは、たぐいもないドラマである。恋愛小説には、なんとたくさんのドラマがあることだろう。

性分でんねん

三月十二日

功徳というのは、これからを生き切ってゆく力、楽しいこと、辛いこと、双方とも味わい尽くす意欲を、頂くことであろう。

ひよこのひとりごと

三月十三日

私は女のお化粧に反対ではないが、眉の形をととのえ、鼻を隆《たか》くし、目を大きくしなければならぬという一律の美の既成概念に捉われるのは困ると思う。また、ツルツルのお肌、シミ一つないお肌を、と喧伝《けんでん》する化粧法にも不信の念がある。シミやソバカス、シワがあってそれが、得《え》もいえぬ魅力を生む、というところに、人間の面白みがあるように思うのだけど。

ひよこのひとりごと

三月十四日

好色な人は男も女も、人生、たのしそうに生きている。

人生は、だましだまし

三月十五日

いろんな文化講座を聞くのも女のたのしみの中へかぞえていいだろうけど、月に一度、きちんとお化粧をして髪をととのえ、たとえ服は新調できなくても、スカーフとかブローチとか、ストッキングの新しいのでもよい、おろしたてを身に着けて、劇場へかよう楽しみはことさらなるものである。

いっしょにお茶を

三月十六日

私は道ばたの雑草の名が知りたい。ありふれた木々の名が知りたい。貝の名、虫の名、魚の名、キノコや海藻《かいそう》の名、花の名を知りたい。

いっしょにお茶を

三月十七日

オトナの人格や識見はちっとも成熟しないのに、夢みることだけは、昔にかわらぬ、〈女の子〉でいます。（成熟しても夢みることを忘れなければ人間はいつまでも、男の子・女の子です）

夢の櫂こぎ　どんぶらこ

三月十八日

それぞれ個人的事情はあるのだろうが、若い日に、ひとりあそびをするクセをつけた方が、人生の収穫は多いんじゃないかしら。ひとりで、いろんなところへいってみる、遠方の旅行ではなく、自分が住むことになった町の周辺だけでもいい、それこそ、若い日にだけできる、ひとりあそびである。ふーらふーらと町をめぐってみて、小さい画廊をみつけて入ってみる、写真の個展をしているのにゆきあたる。植物園、動物園なんか、いいもの。

ほのかに白粉の匂い

三月十九日

私はいまも、山の匂《にお》い、木々の匂いに敏感で、山気に触れるとうれしくて涙の出そうなときがあるが、つくづく人間も自然のうちに住む動物、という思いを強くする。何か体の中に自然と呼応して、呼びあい、ひきあうものを持っているのが人間である。トンボやキリギリス、犬や蛇と同じく、人間も自然の御手に包まれて生かされている動物にすぎないのだ。人間の身勝手で、この神聖な自然、全地球の全動物の共有である自然を汚してしまっては申しわけないのである。

三月二十日

すてきな人のしぐさ、考え方、生き方、お化粧でも着こなしでもどんどんマネをしてぬすんで、その上で、自分自身のよさをみがいて下さい。マネしたくなるような先輩女性が少いのは、ほんとだけれど、そしてそれは私たちオトナ世代、親世代の責任ではあるけれど、現実にいなくても、文学の世界にもお芝居の世界にも、きっといるはず。男もすばらしいけれど、女のひとにも、何ともいえない慕《した》わしい人がいるものです。生きることはそういう人にめぐりあうための旅でもある、と私は思っている。

ほのかに白粉の匂い

三月二十一日

私は、この世の中でどれほど楽しみをみつけ得るかということが、女のかしこさの度合だと、この頃つくづく思うようになっている。

そしてそれは、自分にどれだけ美味《おい》しいご馳走《ちそう》を食べさせてやるか、ということである。

三月二十二日

若々しいのが、やはり「イイ顔」であろう。物理的年齢のことではなくて、「知ったかぶり」をしたり、人に教えたりしない、（教えるということは含羞なくしてできることではない、それを無意識に知ってること）知らないことは「知らない」といい、はじめて聞いて「えっ。ほーんと」とおどろく、素直な顔、それから、何かに興趣をもったり関心や欲望を持つと、トライしてみようと早速、モリモリとエンジンのかかる顔――そういうのがいい顔であって、だから七十歳の若い顔もあれば、十七、八の年寄顔もいるわけである。

いっしょにお茶を

三月二十三日

化粧水もクリームも、しみじみ、自愛の手つきで使いましょう。お化粧は決して、そそくさと事務的にしてはダメ。また自分自身との対話だから余人をまじえてはダメ。本来、お化粧をするときは「耳に悪声をきかず」――怒り声や悪口を耳にせず、もちろん自分でも「口に悪言を吐かず」、鏡台には一輪でもいい、花を飾り「目に醜悪《しゅうお》を見ず」「心に悪意を持たず」美しいことだけを思う、精神性の強い作業。お化粧は、自分を大事にする作業である。個人の〈美しき秘めごと〉である。

なにわの夕なぎ

三月二十四日

ものを一つ捨てるのは、人生を一つ、捨てることである。

人生は、だましだまし

三月二十五日

おしゃべりの楽しい女、というのは、これは人間の宝石である。

ほのかに白粉の匂い

三月二十六日

男と女のつきあいにボロが出てはいけない。

ボロというのは、ハラワタのことである。

汚ない内側の、ドロドロのものを手でつかみ出して、白日のもとに投げつけ合う、そういう仲になってはおしまいである。

いや、そうだろう、と思われる。

愛の幻滅

三月二十七日

男でも女でも愛想のいい人は、社会のタカラモノである。

いっしょにお茶を

三月二十八日

人生でたのしみをみつける条件というのは、想像力や好奇心をもてるかどうか、にかかっていると思うものだ。舟子は、せっかくの、新体験のチャンスを平然と見のがす人間の無気力・無感動がふしぎでならない。

魚は水に女は家に

三月二十九日

自分の心の中から湧き出てくる興味や好奇心が、おのずと自分をつきうごかす、そういう「ひとりあそび」は、いくつになっても女の人を若々しくする。

ほのかに白粉の匂い

三月三十日

「ひとりあそび」のできないほど、若い日は多忙であってはならない。「ひとりあそび」というとき、女の子の好むなる手芸や習いごと、手づくりのさまざまをも入れるべきであろうが、私は、まず、ひとまずそれをおいて下さい、といいたい。外へ出ましょう。風に吹かれて下さい。陽光を浴びて下さい。人の視線を感じて下さい。見知らぬ横丁に、心ときめかせて下さい。何の用ももたず、おおそうだ、ハンドバッグももたず。

ほのかに白粉の匂い

三月三十一日

私は、
〈いそいそとする〉なんてことがあるのが、
生きてるたのしみだ、と思い当たった。
なるべく、人生、
〈いそいそする〉ことが多いといいんだけどな。

愛の幻滅

四月

面白がる

「ぱあっと綺麗なもの」「陽気なもの」
「かわったもの、新奇なもの」
「楽しくなるもの」に、いつもびっくりする、
面白がる精神を「失わはったら、あきまへんえ」

四月一日

人生でいちばんいい言葉は、〈ほな〉である。

人生は、だましだまし

四月二日

（早く書きあげて彼と遊ぼおっと――）と思いながら、下町の、穴ぐらのような部屋、小さい町医者の診療所のうら手の部屋で、とうとう、五十冊ばかりの本を書いてしまった。

いっしょにお茶を

四月三日

人は何のために生きるか。
人と人との間に、「甘い関係」を作るためである。
身内、夫婦はもとより、近隣でも職場でも、
人との関係なしには、人間は生きてゆけないのだ。

男はころり女はごろり

四月四日

いい匂いをかぐと、香浴《こうよく》、薫浴《くんよく》、といいますか、
心のもやもやがスーとしちゃうんです。
ハッピーになるの。

薄荷草の恋

四月五日

私は女のお化粧というのは、本来、ひとりで鏡に向かって、ゆっくり行うべき、神聖行事と思うのである。出勤前に時間がなくて電車内であわただしくする人は、も少し早く起床して下さい。

なにわの夕なぎ

四月六日

「一目見てわかる美人」は、長く見ていると飽きるけれども、おしゃべりの楽しい美人はつき合えばつき合うほど、マスマス美人にみえてくるというものだ。

ほのかに白粉の匂い

四月七日

「おいしいもん作って人を喜ばせる、いうことはその人間に惚《ほ》れたことやろ」

女の食卓

四月八日

一つの鍋で煮たきしたものを、皆でたべることほど、人の心と心をむすびつけるものはありません。「同じ釜のメシを食った仲」という表現が、日本語にはちゃんとあります。

手づくり夢絵本

四月九日

長い旅の道程のうちに相手に感化され、また相手を洗脳し、自分も相手も、新たな発見をくりかえしてゆく、そして歳々《としどし》に変貌《へんぼう》をかさねてゆく、そういう好もしいライバルになれば一番よいのではあるまいか。

いっしょにお茶を

四月十日

わたしはことに、女のひとに自然と書物を愛してほしい、と思うものだ。それは、肌と心を美しくするから。

篭にりんごテーブルにお茶…

四月十一日

私は若い女の子には、美しいものを見たときの、(アッ)というショックをいくつも味わってほしいと思うものだ。それも、先輩の女の人たちから――。その人の生涯たたかいぬいた生きかたを、伝記でよんで(アッ)と思ったり、生きてる人でも、ただいま奮闘中、という人生に感動したり、もっと卑近なことでいい、たとえばお酒の飲みかたの美しい人のマネをどんどんしたらいい。

ほのかに白粉の匂い

四月十二日

世の中へ出たら、ヨイショするのも仕事のうちだよ。なんたって、ヨイショしたげるとその人も自信つくし、まわりも華やかになって、人生、景気がいいもん。

夢の櫂こぎ　どんぶらこ

四月十三日

表情というものは一瞬に消えるのだから、これがいい表情という見本帳をみせることができないのが残念である。しかしあなたがアルバムの中で一ばん好き、とひそかに思われるご自分の写真は、たいてい、いい表情をしているはずである。

ほのかに白粉の匂い

四月十四日

高いところから、ナマ身の自分を見おろすと、エゴでひとりよがりなところもようやく見える。そのかわり、純粋な点もみつけられる。

いっしょにお茶を

四月十五日

ペアの服を着たり、いっしょに便所へ連れ立ったりするだけでなく、自分の人間性とはだかになってぶつかり合える、自分を知ってもらい、相手を知りたくなる、いつもその人の意見を聞きたくなる人、何か思いついたら、まっさきに聞いてほしい人、そういう人を友人に持てたらどんなにいいだろう。

ｉめぇ〜る

四月十六日

相手が返事に困るような質問をするのは、男と女のツキアイの中ではルール違反なのである。

愛の幻滅

四月十七日

いい生まれの人は、そうでない人にひけ目をもつものである。自分ではひけ目を意識していなくても、何となく猫背で世わたり、というところがある。金持だってそう、生まれながらの金持というのはどこかひけ目から猫背風だが、なり上りは冷酷に反《そ》りかえっている。

苺をつぶしながら

四月十八日

私は、恋を知るより早く、友情のよさと有難みをぜひ知ってほしい、と思う。

それは心や頭を熱し、惑乱《わくらん》させる魅力とは違うけれども、また、つきぬ楽しみ、生きるよろこびを与えてくれるはずのものである。

iめぇ～る

四月十九日

いい友達を持ってる、いうのが、人間のいちばんのお手柄や、思うわ。

どんぐりのりぼん

四月二十日

よい友人、よい友情に恵まれるには、自分にその値打ちがなければならぬ。類は友を呼ぶ、で、いいかげんな人間にはいいかげんな友人しか集まってこない。よい友人に恵まれるには、自分が誠実で、その友情を育てようとする、熱意がなくてはならない。そうでないと、せっかくよい友人を得かけても、親しさに馴れて傷つけ、去らせてしまうこともある。

iめぇ〜る

四月二十一日

恋、というものは二人でつくる気分だから、二人が気を合わせてつくりあげていかないと、破綻《はたん》をきたす。

愛の幻滅

四月二十二日

男と女が仲がいいと、すぐうさんくさい風評のたねになる、現代の社会もまだ未成熟で、まだまだオトナが生きにくい。

いっしょにお茶を

四月二十三日

すぎしことみな佳《よ》し。そう思わなきゃ、つらいこの世の中、生きていかれるかい。

夢の櫂こぎ　どんぶらこ

四月二十四日

「おもろいオナゴはんはこの世のタカラじゃ」

ブス愚痴録

四月二十五日

話し相手は亭主と子どもだけ、という境遇に落ちてから、いそいで友人を探してもおそいので、若いうちから、友人を持つこと、よい友人に恵まれることを念じておくべきではなかろうか。

iめぇ〜る

四月二十六日

「目の前の草だけ、抜いとったらえぇやん。ほんまに人生で大切なんはなあ、仲のええ人間とめぐりあう、いうことだけなんやで」

愛の幻滅

四月二十七日

友達は、自分の人生の蓄積から生れるということがあるので、自分自身が「何か」をもっていないと、いい友達も得られない、せいぜい、今から人生の幅と厚みをひろげてください、と私はいいたいわけである。

いっしょにお茶を

四月二十八日

用のないことを、若いときは、うんとした方がいい。いまは、用のあるときだけ動く人が多いが、それでは用のなくなったとき、どうしていいか分らず、ヌケガラのようになってしまう。用のないことというのは、現実の役にはたたない夢想やあこがれ、まだ見ぬ土地へのときめきなどに、心をそそられることをいう。

ほのかに白粉の匂い

四月二十九日

人それぞれ。魅力それぞれ。

星を撒く

四月三十日

「ぱあっと綺麗なもの」「陽気なもの」「かわったもの、新奇なもの」「楽しくなるもの」に、いつもびっくりする、面白がる精神を「失わはったら、あきまへんえ」

お目にかかれて満足です

五月

気をとり直す、という才能

肉体・精神の不調で再生が難しい人は、自己暗示をかけて下さい。自分で鏡を見て（なんて、美しい）とか（かッわゆい！）と思って下さい。

五月一日

五月はバラの月、出逢いと別れの月、女が生れかわる月。新緑の月。

手づくり夢絵本

五月二日

五月はハンカチの月。ハンカチを集めるのも私の好きなことの一つ、服とバッグの色に合せてぎっしり持ってます。誰にもできて、とてもリッチな気分になれるコレクションです。

手づくり夢絵本

五月三日

朝、パッと目がさめると、ゆうべの苦難の仕事も忘れ、（ま、いいや……何とか、苦境を打開する方法もみつかるかもしれない）という、楽観的な気分がとりもどせる。たとえ、雨降りの朝でもよい。朝は朝である。

ものみなすべて、新しい貌《かお》になっている。スヌーもニコニコして、「ヌハハハ……お早う。おばたん」という。この「一夜明ければ」という感じがよい。

猫なで日記

五月四日

失恋したとき。人に裏切られたとき。

それからそれへと思いつづけていると、心もそらに、胸は息苦しく、涙も涸《か》れてにがいかたまりが咽喉《のど》をふさぐ。そういうとき、自分で自分にいってみる。

「とりあえずお昼にしよ」

と。そのためには「クマのプーさん」のプーのように、いつも時計を十一時五分前にしといたら面白いな。プーは、十一時になると何かちょいとつまめると思うと嬉《うれ》しいので、プーの時計はいつも十一時五分前なのである。

星を撒く

五月五日

女の泣くのは人生の部品取りかえ、あるいは分解掃除のようなものなので、一人で泣くのも、人生のなぐさめである。

人生は、だましだまし

五月六日

私なんて、このトシでも、美容院へ行くのは大好き。特別のことをしてもらうわけでなく、髪をちょっとカットして、白いところは少うし、ヘアダイを。

〈変ったウィッグが入ってます〉

といわれ、わくわくしたり。

ひよこのひとりごと

五月七日

私はこのトシになってみると、「とりあえずお昼」と、「とりあえず寝る」ことより、以上の大事な事はないように思えてきた。そして気の取り直しかたとしては、これ以上のものはない。女には思いつめたとき、落ちこんだとき、お化粧するとか、買物するとか、いいキモノを着て街へいくとかいう気の取り直しかたがあるが、何たって、食べること、眠ることがいい。

五月八日

肉体・精神の不調で再生が難しい人は、自己暗示をかけて下さい。自分で鏡を見て（なんて、美しい）とか（かッわゆい！）と思って下さい。これは王朝の昔からで、清少納言は『枕草子』の中で「心ときめきするもの」の一つに、「唐鏡《からかがみ》の少しくらき見たる」をあげている。舶来の上等の鏡だけど、少し曇りがきている。そこに映る自分の顔は、欠点がかくれ、（あたしってこんなに美人だった？）と心ときめくのである。

なにわの夕なぎ

五月九日

舟子はオトナの女であるから、人前で泣けない。泣くとクセになる。人間は、人前で一ぺん泣いたら、クセになってしまうのである。

魚は水に女は家に

五月十日

「気をとり直す」という才能は、おちこむときばかりでなく、成りゆきで、何となく男の人と「ドウコウしちゃった」というときにも必要である。

ほのかに白粉の匂い

五月十一日

たっぷり睡眠をとって、一夜あければ（この、「一夜あければ」という感じが私は好きなんだけど）またあたらしい一ページ、いつまでもすんだことをいってられない、暖いコーヒーでも飲もう、と「気をとり直す」人が好きである。ハンカチを買うとかキーホルダーを新しくするとか、自分で、

「気を引き立てて」

やってみる、そういう精神力をふるいおこしている人は、それがつもりつもると、身近に芳香をもたらしてくる気がされる。

ほのかに白粉の匂い

五月十二日

「とりあえず帰ろ」とか「とりあえずお昼にしよ」というコトバはいい。
とりあえず眠ったあとは、一夜あければ、また「お話かわってこちらは」
という気分で、活路がひらけそうな気がする。

星を撒く

五月十三日

納得する、っていうのは自由を思い当る、
ということである。

苺をつぶしながら

五月十四日

人生というのは、成行まかせに抛《ほう》っておくと、しかめつら、泣きっつらばかりで埋ってしまいがちである。だからちょいとしたこと、たとえばよく気のつく人がこっちの立場をおしはかり、ちょっとした動作で手を添え、心を添えてくれると、フト笑顔がこぼれたり、「ありがと」とか「あ、すみません」という言葉が出る。

その反対に、自分も、人のそれを受けとることもある。

ほのかに白粉の匂い

五月十五日

「錯覚こそ、人生ですぞ」

春のめざめは紫の巻

五月十六日

けんかするべきときはするものだ。ま心こめて腹を立てるものだ。全精力をあげて、けんかするものだ。けんかしたのをあとで後悔するときがあるのと同じく、しなかったのを後悔するときも、この世にはあるのである。

篭にりんごテーブルにお茶…

五月十七日

イライラして気持が荒れる老い、というのは、「老い」ではなく、ただ、「お婆ンくさくなる」というヤツである。

苺をつぶしながら

五月十八日

お化粧は自分自身との対話である。顔色から今日の健康の状態もわかる。もし昨日、不快なことがあっても、一夜ねむれば、人間というものは復原力が強いから、イキイキと再生する。

なにわの夕なぎ

五月十九日

ほんとの健康というのは、余裕のことをいうのである。ある程度まで健康だったら、ある程度までの健康が授けられてることを感謝する、その余裕のことであるが、誰に感謝するのか、たぶんここへ、神とかホトケとか、ご先祖さまを持ってくるべきであろうが、そのへんは、もっとのちになってまとめて考えます、というぐらいのところ。

苺をつぶしながら

五月二十日

男と女が暮らすとき、どちらも、芝居のセリフのようなことをしゃべる、度胸と才能が、時に発揮されるようでないとダメである。

蝶花喜遊図

五月二十一日

私はこのごろ、幸福になる能力のあるなしは、ひとえにかかって、「棚上げできる能力」にあるのではないか、と発見した。

愛の幻滅

五月二十二日

魅力にもいろいろあり、どんなのを魅力と思うかは、人それぞれであるが、私の場合、

「おちこんだとき、気をとり直す才能」

をあげたい。

おちこむ、滅入《めい》る、そういうとき、人にグチをいっても、ヤケ酒を飲んでもしようがないのであって、自分がおちこんだときは、自分で這い上るべきである。

(ようし、まあ、今夜は早く寝ちゃおう)

と「気をとり直して」早寝するがよい。

ほのかに白粉の匂い

五月二十三日

私は女の魅力というのは年齢によらないと考えるものの一人で、若さというのは、若々しい弾みごころをいうのだと思う。ユニークな個性が魅力的であれば、トシなんかどこかへ飛んでしまう。

星を撒く

五月二十四日

これはかなり私の偏向した嗜好《しこう》かもしれないが、私は人と人の車間距離をとれることを、オトナの教養だと思うときもある。

星を撒く

五月二十五日

個人主義というのはいろいろに曲げて使えて便利な考え方ではあるが、たくさんの人と仲よくやるための個であり、いがみあうための個ではないように思われる。その個を守るためには、車間距離がなくてはかなわない。周囲を顧慮する柔軟性や、自分の現在位置測定能力は、車間距離の一つである。

五月二十六日

人間や人生の事件、事物は素材にすぎない。それは解釈する人の心によってどんなにでも変るのだ。

五月二十七日

浮世のおきてや、人の世の約束ごとを守るのも大切ではあるが、もう、それだけでは世の中が立ってゆかない時代になりつつある。目の前、数センチのところばかり見ていては、お互いに傷つけあうばかりかもしれない。

魚は水に女は家に

五月二十八日

愛の思い出、恋の月日のつみかさなり、それらは煙のように手でつかめませんが、しかし体の奥ふかくしみつき、くゆり、濃く匂い立って、人々の人生を変えてしまいます。

〈愛した、恋した、だから結婚しましたよ〉

といえる、老いた夫たちや、

〈やっぱり、恋愛して結婚しなければいけません〉

といえるような老いた妻が出るのは、この日本の社会では、いつのことでしょうか。

iめえ〜る

五月二十九日

人間は弱いものではあるが、それでもまた、まだまだ未開発の優秀な能力を秘めていると私は思う。

思うに足るさまざまな兆候をこの世界でも、いくつか見ることができる。

愛もユーモアもその兆候の一つであるが、〈達観〉というのも、その中でかなり大きな、そしてすぐれた能力であろう。

人生は、だましだまし

五月三十日

私は時計の形にも好みがあって四角いのはいやなのだ。円い時計に限るのだった。時間は無限につづく、たとえいやなことがあっても、編みまちがえた編みもののように「ほーどきましょ」というように、またぐるりとひと周りして、あたらしくはじまる、エンドレスの時間、いつもほやほや、できたて、剝きたての卵のようなのが、いくつもいくつもあとからあとから出てくる、そうして時計を壊して内部をのぞいてみると、時間のタマゴが（グロテスクな感じではなく、かわいくきれいな感じで）ぎっしり詰ってる、そんなふうに想像するのが好きだった。

私はいつもすることがいっぱいあり（それは好きな仕事ばかり）次々あたらしい時間が生れるというのが、とても嬉しかった。

お目にかかれて満足です

五月三十一日

失恋したときのおちこみは、もとへ戻すのが厄介なものの一つであるが、いつまで憤怒の涙にくれていてもしょうがない、(よっこらしょ)と重い尻をあげ、「気をとり直す」方向に舵をとる、なみなみならぬ精神力が要るが、要するに「魅力」というのは、神の与えてくれた天与のものと、自分の精神力、半々の混合ですからね。

ほのかに白粉の匂い

六月

幸福の味わい

どんな所でも、おいしくたのしく食べられる、ということ。
あんまり、こまかく気をつかったり、
心を労したりしないで、のんびりいくこと。
コセつかず、咎《とが》めだてせず、目を三角にしないこと。

六月一日

食べちゃいたいような、というコトバがあるけど、ほんとにバラの花を見てるとむしゃむしゃと食べたくなります。バラのつぼみを、お酒のおつまみにしたくなります。

手づくり夢絵本

六月二日

「僕は、愛してる」

そんな少女小説みたいな言葉をいわせたいために、世の女は術策を弄してばかりいる。なんど聞いても、いい言葉だから、しかたがない。

猫も杓子も

六月三日

六月といいながら肌寒く、夏の予感はあるけれども、雨は冷たい、そういうとき、人は、人恋しい気持になる。傘のうちのひめやかなキス、あるいはレインコートのしずく、爪革をかけた女の高下駄《げた》、それらはオトナの情感の世界である。私は、つゆどきの人間の感性のしめりが好きである。

いっしょにお茶を

六月四日

結婚というのは、あの賑《にぎ》やかな、たのしい式ではなく、そのあとにつづく新婚旅行でもなく、実はそのあとの永劫《えいごう》につづく長い平凡な、あるいは退屈な、日々のことである。だから面白いのであって、もしその長い日々を、愉快に美味しく過ごせれば、数時間や数日の愉悦どころではないのである。悦楽はふかくふかく、その人の人生を染めあげ、やがてその幸福のよいかおりは、まわりの人々にまで匂いをしみつかせずにはいられない。幸福な結婚というのは、大なり小なり、そういうものであろうと思う。

ほのかに白粉の匂い

六月五日

結婚なんて、神さまの思し召《おぼ》しみたいなものやから、あせっても、どうにもならないときはどうにもならない。

ほのかに白粉の匂い

六月六日

結婚、未婚にかかわらず、女の幸福とは何だろうか。いろいろ考えたが、女が、男のひとに対して、いろんな好奇心をもつことではないだろうかと思う。

篭にりんごテーブルにお茶…

六月七日

私はだんだん生活を簡素にしてゆきたい、そうして年とったら、鴨長明《かものちょうめい》みたいに方丈の庵《いおり》に住みたい、などという希望を抱いているのであるが、それでも庭には、枝もたわわに咲く青紫色のあじさいを植えたい、と思う。

いっしょにお茶を

六月八日

「こない蒐《あつ》めて何を入れはりますねん」と人にきかれるが、私にとって箱は入れるためにあるのではない、開け閉めするためにあるのである。

猫なで日記

六月九日

結婚というのは、男と女が愛し合うこと、
それを土台に人生をつくること。

iめぇ〜る

六月十日

結婚の相棒というのは、気楽な存在であるのがいい。
気楽というのは、
沈黙の責任をとらなくてもよいことである。

いっしょにお茶を

六月十一日

美しい色をとどめて軽く乾いた花びらが、空壜の中に静かにねむっているさまは、私にとって心おどるながめだ。それに、香料、香草をまぜ合せ、好もしい匂いに調えてゆく、その作業ほど疲れた心身をやわらげるものはない。

いっしょにお茶を

六月十二日

もくせいやくちなし、沈丁花《ちんちょうげ》のいい香りをそのままとどめられたらどんなにいいだろう、と夢想しつつ、それぞれの花どきを楽しんで年をかさねてきたが、ポプリづくりをはじめてからは楽しみが多くなった。

いっしょにお茶を

六月十三日

私の安眠芳香のレシピは、薔薇《ばら》の花びらやミントやローズマリー、それにラベンダー、クローヴにシナモン少々、天然のローズオイル一、二滴である。これをポプリ袋に入れてシーツやパジャマの間に挟み、また少々はスナッフ・ボックスに詰めていつもハンドバッグに入れている。

薄荷草の恋

六月十四日

食べちゃいたいような小説がある。好きで好きで、抱きしめて寝て、まだ足らないような小説がある。

篭にりんごテーブルにお茶…

六月十五日

私はオトナたちこそ、若い人たちに、結婚は愛からはじまると、大きな声でいわなければならないと信じています。若い人がすべては愛から、といい、オトナたちが、それは迷妄《めいもう》だというのはあべこべです。

iめぇ〜る

六月十六日

われわれ女性は、こういう「小説の香水」を、人生のハンカチにしたたらせ、女の肉体にくゆらせて楽しむことを知っている。

歳月切符

六月十七日

真の結婚をするためには、個性が確立していなければならない。自我のないところに個性はないのです。自分というものが確立していない人がどうして他の人格を愛することができましょう。

iめぇ〜る

六月十八日

サガンの小説の、あの手に取れば消えてしまうデリケートな、匂いのいいある種の気分、きめこまかな恋愛心理のひだ、そこから金の矢が射込まれるような、珍重すべき箴言のかずかず、そういうものを愛し、舌の先でひそかにころがして娯《たの》しむ人生の愉悦、それらを知ることなしに、恋愛小説のブックガイドは書けないんじゃないか？　と私は疑う。

性分でんねん

六月十九日

私はどうもこのごろ、つくづく思うに、たとえば理想の相手をみつけてめでたく結婚するというのは、女の人生の「てっぺん」であって、何もそれにとらわれることはない、と思うのである。

箪にりんごテーブルにお茶…

六月二十日

女は昔の男が忘れられない、なんてまちがいだらけの神話で、絶対そんなことはない。あとの男ほどよく見え、あとほどよくおぼえているものである。

愛してよろしいですか

六月二十一日

愛のある結婚、というと何だか構えたコトバでいやなのですが、愛していることに気付いたら、いつもいっしょにいたくなった、それなら結婚しよう、ということになった、というようなことでしょう。そして結婚しても愛し合う、ということは、何も仰々《ぎょうぎょう》しく、ことごとしいことではなくて、お互いにいつも相手のことを考える、ということで、そのことだけで、ものごとが解決してしまう、ふしぎな部分があります。

iめぇ〜る

六月二十二日

オトナの男女というのは、

（幸福というものは、いかに美味しいものであるか）

（人生というものは、なんという、美味しい夕ベモノであるか）

という認識ができかけているものである。それは男と女が双方から齧《かじ》っても齧っても食べつくせないリンゴである。

ほのかに白粉の匂い

六月二十三日

灯のついた町は、雨というセロファンに包まれて、キャンデーのかたまりみたいにキラキラしている。

苺をつぶしながら

六月二十四日

玉手箱という発想は好きだなあ。あの箱には何も入っていなくて、あけると一すじの煙が立ち昇ったというのがいい。——私も、何も入ってない箱をみつつ、いろんな物語やオハナシを夢想し、そのうちに浦島太郎、いや姥《うば》浦島となって老いてゆく。そう考えると、箱に異常執着の嗜好《しこう》をもつ私は、海中の仙界からただよい帰りついた旅人かもしれない。

猫なで日記

六月二十五日

相手の意のあるところをようく摑み、意見の根拠を察知し、こちらは直ちに同調するというのではないが、相手の主張の、よって来《きた》るところを納得する。

それが、「そこもあるナー」である。

この気持が底にあれば、交渉はスムーズに、見解の相違も、歩み寄れる余地あり。すべての軋轢《あつれき》は、この一語をかえりみる余裕のないところから生れる。私は人生で大切なのは、この、「そこもあるナー」だと思う。人はみな、この言葉を、常備薬のように懐中していればいいと思うが、こういう日常語は、一言《いちごん》以て之《これ》を掩《おお》う、という恰好いい箴言になりにくい。

ひよこのひとりごと

六月二十六日

私は、「あじさいホテル」だけでなく、「レストラン・あじさい」というのも、小説の中でふんだんに使った。あじさいは、そういうロマンチックな小説を書かせてくれる花である。

いっしょにお茶を

六月二十七日

死後に残るか残らぬかは、人さまのおきめになることで、私の知ったこっちゃない。それより私は、おいしいお菓子を贈るような、楽しい作品を書きたい、と思ってるだけ。

iめぇ〜る

六月二十八日

この間、大阪のデパートで、サイン・パーティがあって、その時の本は『すべってころんで』だったけれど、美しい若いお嬢さんが一冊買って下さったついでに、

〈「窓を開けますか?」がとてもよかったワ〉

といわれた。

それは私には、〈あのお菓子、とっても美味《おい》しかったワ〉ときこえた。私は、そういう、作品の愛されかたをしたいので、嬉しさと満足で顔があかくなった。

iめぇ〜る

六月二十九日

ぜいたくは、みたされたとき、
単なる物欲となってしまう。

蝶花喜遊図

六月三十日

どんな所でも、おいしくたのしく食べられる、ということ。あんまり、
こまかく気をつかったり、心を労したりしないで、のんびりいくこと。
コセつかず、咎《とが》めだてせず、目を三角にしないこと。

男はころり女はごろり

七月

上機嫌はいちばん

私は人生で人間の上機嫌はいちばんすてきなもので、
砂の中の金のようなものだと思っている。

七月一日

私は人生で人間の上機嫌はいちばんすてきなもので、
砂の中の金のようなものだと思っている。

お目にかかれて満足です

七月二日

二人で笑える仲って、男女の仲のナカでは
二重マルくらいにいいトコをいくんじゃないかしら。
最低はモチロン、二人で泣く仲である。

ベッドの思惑

七月三日

上機嫌は煙みたいに消えるものだから、
たやすく忘れられる。

お目にかかれて満足です

七月四日

私は、上機嫌でいたときのことを、ちゃんと記憶のノートに拾いあげて
押花のしおりにしておく。あのとき、あのとき、などとおぼえている。

お目にかかれて満足です

七月五日

もしかして、自分より、この人のほうが大切、と思ったとき。それが、ほんとに人を愛したときかもしれない、と私は思ったりする。

夢のように日は過ぎて

七月六日

人生の意義は、まあ、いろいろあろうけれど、自分が何回、笑顔になったか、ヒトの笑顔をどれ程見たかで、充実度がはかられる、そんなところがある。

ほのかに白粉の匂い

七月七日

結婚にはいろんな型があり、それぞれの性格や好みがあるから、千差万別だけれど、これから結婚しよう、という方々には、私は、相性というのは、やっぱりどうしようもなくあるものだ、といってあげたい。条件がいいから、と、それだけに気をひかれるのは危険である。

そうして、この広い世間に、最後までかばい合える戦友は、やっぱり夫と妻なのだから、どちらかが傷ついたとき、「あんたは天才」「あんたは美人」とホメたり力づけたりできる相手であるのが望ましい。

いっしょにお茶を

七月八日

私は、男と女が、仲よくくらす最大の秘訣は、「ほめあうこと」「ご機嫌をとること」だけだと思う。せっかく、多くの男や女の中からえらばれて結ばれた二人だから、せいぜい、おたがいに大事にしあい、相手がそれに慣れてワガママをいい出すくらい、ご機嫌をとってやればよろしいのだ。結婚の意義、夫婦の自覚、そんなものは、なければ評論家がメシのタネに困るから、大切そうに掲《かか》げられてあるだけで、要は、おたがい仲よく長生きする、これだけである。それにはご機嫌をとりあい、甘やかし合う。それだけなのだ。

男はころり女はごろり

七月九日

自分は不機嫌だ、と誇示する人は、人もそうだと思わないのだろうか。自分は移り気だと宣言する人は、相手もそうかもしれないことを考えないのかしら。男と女がともに棲んで仲よく過すということは、一面、たいへんむつかしいことで、細心の注意が要《い》る。そして絶えず、椅子は一つしかないと思いめぐらし、相手の気持ちを思いやり、自分は先にその椅子をぶんどったりしない。双方、そのつもりでいれば長つづきするんじゃないか、と思うが……まあ、現実は中々むずかしい。

星を撒く

七月十日

私はある小説の中で、夫と妻の、どちらかの不機嫌のことを椅子取り遊びにたとえたことがある。不機嫌というのは、男と女が共に棲む場合、一つしかない椅子だと思う。どちらかがそこへ坐ったら、片方は坐れない。

星を撒く

七月十一日

また、うぬぼれも、人間の矯《た》めがたい悪である。うぬぼれを身内に飼うと、どんどん肥大して、オデキのように人生に棲みつき、増殖してゆく。

ひよこのひとりごと

七月十二日

その地に出来るナリモノを、その地のやりかたで食べ、クヨクヨせず、よく体とあたまを働かせ、ヒトのいいところだけを見てあげる、そうしてみんなと仲よくし、そのお蔭で寝首をかかれる恐れがないから夜もぐっすり眠り、自分でも満足するくらいシッカリしたいい便を出す、これが人間の健康の大元だと私は思うのだが。そしてこれは大昔からハヤリスタリに関係ない真実だと思うのだ。

猫なで日記

七月十三日

自分のととのえた食べものを賞美されるのは、女にとっては、やはり「上機嫌」という大きな珠をつなぐ、小さい珠である。いろんな喜ばしさの珠がたくさん連ねられ、あいまに大きな「上機嫌」の珠が挟まれて、美しい人生の首飾りになる。

お目にかかれて満足です

七月十四日

主婦の仕事、主婦の義務は何か。舟子は、「いつも機嫌がかわらないでいる」ということだ、と思うものだ。

魚は水に女は家に

七月十五日

家庭の運営、というものは、だましだまし、保《も》たせるものである。

人生は、だましだまし

七月十六日

そして思った、(結婚というのは、こんな心ときめきのことをいうんだ)って。結婚なんて長く続けばいいってものではないのだ、夫と遊びにいくというときの心弾み、この嬉しさがなかったら、私なら耐えられないところである。

お目にかかれて満足です

七月十七日

何が楽しいといって、好もしい人の情愛を享《う》ける、こちらもお返しするだけのたっぷりの愛情を持ち合わせているほどの、うれしいことはない。

いっしょにお茶を

七月十八日

男女の仲は化繊の紐、いかにもほどけやすいが、それを締める要諦《ようてい》は、

「共にメシくうこと」

「いつもどっか、さわってること」

であるという。

男はころり女はごろり

七月十九日

女が泣いてみせて、それで落ちる男と、落ちない男がある。これも、面白い。

泣いても動じないで、よけい怒ったり、腹立てたりする男と、泣かれると、〈弱いなァ〉としょげて機嫌をとってくれる男とある。

i めぇ〜る

七月二十日

なんで女はこうも「キッパリ」とか「カタをつける」とか「いいかげんに妥協しない」ことが好きなのか。

魚は水に女は家に

七月二十一日

主上《おかみ》は、権力《おちから》を失われてから、わたくしに求愛なさいました。宮さまは権力《おちから》を得られてから、わたくしに従えとお命じになりました。女はどちらをいとしく思うと、思《おぼ》し召されますか。わたくしは、主上《おかみ》についてまいりますわ

不機嫌な恋人

七月二十二日

人は、人生観に比例した表情にならざるをえない。そして、どういう表情を、いい表情とみるかによっても、その人の全人格が露呈されてしまう。

ほのかに白粉の匂い

七月二十三日

本当のことをいって、人を衝撃させ、人を傷つけるのは、よっぽどのとき、よっぽどの器量のある人にだけ許されるものなのだ。われわれ凡人たちが、人とつきあうのに、真実を指摘しあって何になろう？

男はころり女はごろり

七月二十四日

何たってちょっとひけめがあるっていうのは、お互い、やさしくできるコツの一つみたいな気がする。

星を撒く

七月二十五日

〈家庭〉のご機嫌をとるのを、〈だましだまし〉という。
〈だましだまし〉というのは詐欺や騙《かた》りではない。
〈希望〉の謂《い》いである。

七月二十六日

腹ぎたなくない男、というのは世のタカラモノで、
珍重するに足り、愛着するに足る。

人生は、だましだまし

七月二十七日

ほんというと、上機嫌、なんていうハカナゲな気分は蜃気楼《しんきろう》のようなもので、手につかまえられないからすぐ消えてしまう。だから多くの人は価値を与えないけど、私は、ここだけの話、どんな財宝やどんな卓見や芸術よりも、人間の上機嫌を上においている。人間が上機嫌でいられるときというのは、この世では全く少い。

お目にかかれて満足です

七月二十八日

そうか、〈家庭〉というものは、人が、〈面白疲れ〉したときに要るのだ。

人生は、だましだまし

七月二十九日

全く「慕わしい」男の存在というのは、なんと女をイキイキさせ、ふるい立たせ、美しくするものであろう。

魚は水に女は家に

七月三十日

結婚して、何がうれしいといって、「味方がいる」という発見ぐらい、うれしいものはないのだ。結婚によろこびがあるとすれば、最初で最後の味方を獲得することではないだろうか。

ほのかに白粉の匂い

七月三十一日

一人だけでも、なかなか、そういう珍重すべき黄金の刻《とき》には出遭わないのに、まして二人三人が、心を合せて上機嫌、というのは、これはもう、百年にいっぺんというダイヤモンド礦石《こうせき》を掘りあてたようなものである。たいていの人は、その価値に気付かず、いつもそういうときにめぐりあえるように思い、不遜《ふそん》な気持で使い捨てる。

お目にかかれて満足です

八月

ロマンチックというのは

ロマンチックというのは、
人生が一瞬、あけぼのの色に、仄明るんでくることです。
それによって気を取り直せるかもしれないこと。

八月一日

ロマンチックというのは、
人生が一瞬、あけぼの色に、仄明るんでくることです。
それによって気を取り直せるかもしれないこと。

ロマンチックはお好き

八月二日

恋をしてそれで人間が変わってゆかなければどうかしている。恋というからには一過性のものではなくて、その人の人生を染めかえてしまう、そういうものであってほしい、と思うのだが、どうであろうか。

猫なで日記

八月三日

ロマンチックというのは、
人生のディテールで思いがけない美しさを発見して、
そのつもりであちこち見ると、どこにもここにもあった、
とびっくりすること。

ロマンチックはお好き

八月四日

ピンク色、というのはそれを着るときの顔つきまで、ピンク色になって
いないといけないものらしい。
イライラしているとき、心に屈託のあるとき、着られる色ではないのだ。

魚は水に女は家に

八月五日

ロマンチックというのは、
しゃんとした気分が土台なんです。

手づくり夢絵本

八月六日

ぴかぴかにする、美しくするというのは、たのしいことで、これも女の人生のたのしみの一つであるにちがいなく、私は若い女のひとに、ぜひこのたのしみを教えてさし上げたいのである。片づけもの、洗いもの、はどうせ元通りにするだけのこと、というものではない、それはあたらしく創ることである。

篭にりんごテーブルにお茶…

八月七日

泣いたあと、あと味のいい小説というのは
珍重すべきロマンチックな宝ものです。

ロマンチックはお好き

八月八日

ロマンチックというものは、現実の中にあると私は思う。生きた言葉、日常次元の中に、美があり、ロマンチシズムがあると思う。ロミオとジュリエットにしか、ロマンがないというのはうそである。

歳月切符

八月九日

ほんとに好きな本と出あったら、（あと何ページあるのかしら？）と、こわごわ、うしろを見たりする。こんなにおいしいお菓子が、あと、どれほど残ってるか、と心配になったりして。そして、よみ終ると、がっかりしたような、深い感動に押しひしがれたような、両方のきもちで、（ああーあ）とためいきをつく。

そんな好きな本が、そして美しい本が、帽子屋や、靴屋《くつや》にも売っていたら、たのしいことだろうに。

そういう本と出あうためには、たくさん、本をよんで自分の好み、というのがわからなくてはいけない。どれが好きで、どの小説は自分に向いてないか、わからなくては、しかたがない。そのうち、好きな作家も、わかってくる。

日記に、小説のすじがきや、人物の感想を書いたりして。ついでに作家へのラブレターも。音楽もそうだが、活字からひきおこされるイメージは、深くてゆたかで、容易に消えない。

八月十日

女というものは、どんなに生活が苦しくても、境遇が複雑で苦労が多くても、夫と意思が通い合っていると、凌《しの》げるものだ、というのは、私のロマンチックな持論である。

男はころり女はごろり

八月十一日

私は人と人とが心をより添わせ、たくさんの人の中からことさら、たった一人の男、または女をえらびとり、その絆を結びあうことを、たいへん、意味の深いことだと思う。めぐりあうことの意味の重さを考えずにはいられない。

iめえ～る

八月十二日

タダやさしいばかりだと、怒ることを知らない無能凡庸《ぼんよう》のお人好しにすぎないが、夕美子のやさしさは、いろんなことを知ってその上で結論が出たやさしさである気がする。舟子は、夕美子の気持の思いやりに、ゆたかな想像力と、したたかな批判力を感ずるのである。そういうものをいっぱい、かくし持って、それをいっぺん濾《こ》して、ナマぐさみを抜いてから出てきたやさしみである気がする。

魚は水に女は家に

八月十三日

誰かにめぐりあうということ、この人にめぐりあうために、今まで無数の人に逢ったのだ、と思うような感じを抱かされる男（女）にあうことは、これはもう、運命です。神さまの領域です。

iめぇ〜る

八月十四日

アランは、「幸福とは、自分の価値を知ってくれる人のそばにいることである」といった。自分の何者であるかを知ってくれる人、その人を、自分も愛すること、それにまさる幸福は、ないように思われる。

iめぇ〜る

八月十五日

一緒に住んでる人間の顔色を見、いつも上機嫌で居らせてやりたい、ト。ブーとむくれた顔をさせるまい、ト。そのことに心くだいて一生送る、これは人間のいちばん大切な仕事と違いますか？　こんなリッパな、人間の仕事、ないのんちゃいますか？　それで一生すぎたら、ええこっちゃありませんか。そうすることが、つまりは自分のたのしみ、自分の生き甲斐になるんやったら、ええ人生やありませんか。

魚は水に女は家に

八月十六日

ほんまに人生で大切なんはなあ、
仲のええ人間とめぐりあう、いうことだけなんやで。

愛の幻滅

八月十七日

男というものはむっつりしてると、
老《ふ》けてみえるものである。

ベッドの思惑

八月十八日

いい男とは可愛げがあって、ほどがよくて、
〝生きてること好《ず》き〟という男である。

人生は、だましだまし

八月十九日

男は犬に似ている。

場所ふさぎでカサ高いわりに、甘エタで、かまってやらないと淋《さび》しがってシャックリをする。

人生は、だましだまし

八月二十日

ニセモノのレストランというのは、礼儀正しいのでなく、いんぎん無礼なのであり、聞いても給仕が料理のことを知らず、関心なく、客をバカにしたりしている。いきつけの常連ばかりチヤホヤしたりする。料理がいかに美事でもそれはニセモノである。

魚は水に女は家に

八月二十一日

小説の世界は奥ふかいのだし、骨つき肉の腹もちのいいのばかりでは食傷してしまう。たまにはひとすくい、価千金というような美味なスープもなければいけない。サガンなんぞはまるで、黄金《きん》のスープである。

性分でんねん

八月二十二日

人間というものは、いつもいまはじめてつきあう、というような精神が必要であると、私はつくづく思った。友達になってからあとでも、そういう心がまえでいなければいけないかもしれぬ。

どんぐりのリボン

八月二十三日

上品、というのは、何でも初めて出くわす、というような、慣れぬ風情で対応することである。

人生は、だましだまし

八月二十四日

センスを同じくする、っていう発見のうれしさは、男と女の愛よりもうれしいことがある。

手づくり夢絵本

八月二十五日

実在感のあるのが私は好きだから、手紙をもらうと、その人の心までもらった気がする。

いっしょにお茶を

八月二十六日

ロマンチックというのは、

人間が、泣きたいときに、泣くかわりに微笑すること。

ロマンチックはお好き

八月二十七日

歳月はベルトコンベアーみたいに私のそばを流れるが、私は気に入ったときだけ、その歳月をえらびとり、美しいスカーフか、手袋のように身につけたりはずしたりする。もし私が何かの事件を経て—人と別れるとか、会うとか—おとなになったりした場合、私はきっと、その歳月と私の年齢にめぐりあうだろう。

窓をあけますか?

八月二十八日

宝塚用語に「夢夢しい」というのがありますが、私はこのごろ、手づくりの「ゆめゆめしい」布の袋に凝《こ》っています。女はホント、袋ものが好きです。なぜなら、愛や夢をそっとしまいこんでおくのが好きだからでしょう。

手づくり夢絵本

八月二十九日

せつなさ、というのは、人間の恋の中で最初に味わって、いちばん最後まで舌にのこる感情であるように思われる。

愛してよろしいですか?

八月三十日

人をとりまく状況はいつも変化しつづけるが、ことに幸福や楽しいこと、嬉しいことは変質しやすい。変質しないうちに辞去する、というのが理想的なこともある。

星を撒く

八月三十一日

離れていると、ズンズン好きになってゆくのがわかる。「ズンズン好きになりました」ともいえないし、まして「あのう、もういちど、どさくさまぎれに卑しいことをしたいのですが」ということもできない。

愛してよろしいですか？

九月

言葉の魔法

日常次元の言葉が、ある魔法によって、とたんに色かわり、手の切れそうにするどく、いきいきしたものによみがえる、そこから舞い上がる感動が、私には魅力である。

九月一日

私はアフォリズムを「ある発見」と私流に訳している。ある発見と自己流の定義、つまり愛に関して、そういうものが書かれてあれば、人はそれを読んで思い当たり、赤い線を引かずにいられない。そのとき、そのラブロマンスはその人の人生とかかわりをもつ。すると、「わりにいけたよ」と人に与える気にはなれない。手もとに愛蔵することになる。……何年もたって、忘れていたその本を手にとり、なつかしくページをくるうちに、線を引いた個所が目に触れ、そのときもなお、やはり、

（おお……ほんとにそうだ）

とうなずくようであれば、それはその人にとって真理となったのである。

九月二日

話を聞き出すのがうまい人というのは、相手のしゃべりたいと思うことを察知し、それをたくみに誘導できる会話能力と、人間的度量、包容力に富む人のことである。

猫なで日記

九月三日

持ち重りするから、人にしゃべって軽くしよう、なんていうタチのものではなく、しゃべりたくてうずうずするのが、〈女の隠しごと〉である。

人生は、だましだまし

九月四日

何でも知ったかぶりをするのはアサハカであるが、ほんまに、よう知ってることでも、人に教えるということは、なまなかにできることやない。教える、というのは恥、はずかしいことなのである。大体、知識いうのは本に書いてあることをそのまま物うつしにしておぼえたり、知ったりすること、だからそれをそのまま伝え、教えるのは、私なら何やら気恥ずかしい。知ってるということは、羞《は》じらいの固まりである。

姥ざかり

九月五日

相手の知らぬことをいうときは、
羞じらいをもっていうべきである。

姥ざかり

九月六日

目の前に見ているのに、「違う！」と否認するのは、
これはコドモにはできない。オトナの器量が要《い》る。

星を撒く

九月七日

嘘は、ついたことを忘れてしまうかもしれないが、
隠しごとは夢の間も忘れてしまえない。

人生は、だましだまし

九月八日

世の中には二種類の人間がある。言い寄れる人と、言い寄れない人である。私にとって五郎は、「言い寄れない」人であった。ほんとに言い寄れるのは、あんまり愛していない人間の場合である。失敗したってどうせモトモト、というような、間柄のときだけである。

言い寄る

九月九日

男は小さい嘘をつくが、大きい嘘はつかない。大きな嘘のときは、ただ沈黙あるのみだから。

人生は、だましだまし

九月十日

家庭の幸福、などというものは、その家庭では芳香だが、外へ洩れると悪臭になる。

人生は、だましだまし

九月十一日

そのことで、相手がどれだけ傷つくか、その想像ができなければ、告白してはいけない――のだけれども、しかし人生にはほんとうについ、しゃべって重荷をかるくしたい、ということがあるものだ。だからその前に、(もし、この事実をこの人が知ったら、どんなに傷つくだろう)という想像力が養われていなければならない。

星を撒く

九月十二日

愛情も想像力に裏打ちされる。そして愛もたえず手入れしたり、水をやったり、虫をとりのぞいたり、しないと枯れてしまう。いつまでも気付かないで、つねに、一つしかない椅子に坐りつづける相手に、人は、やがては、

（ああ、この人はこういう人なんだわ）

と興ざめてしまう。

愛は抛《ほう》っておいては育たない。そして愛もしまいには枯れることがある。何十年も暮した中年夫婦の、妻のほうが「別れたい」と思い出すのは、その夫の女性勉強が不足だったことによる。

九月十三日

ウソはつきっぱなしではいけないので、あとの面倒をみないといけない。アフターサービスというヤツが要る。

性分でんねん

九月十四日

愛情がなくてみくびるのはいけないが〈可愛げ〉をくみとってのそれは、気分をよりおいしくする香辛料のようなものである。みくびるどころか、男の〈可愛げ〉を重んずる気持の中には、いささかの敬意すらふくまれる。

人生は、だましだまし

九月十五日

女は嘘が巧《うま》いが、そのくせ、隠しごとを黙っていられないという矛盾した特性がある。そしてその正直は、女の場合、美徳にならないところに特徴がある。

人生は、だましだまし

九月十六日

あたまのいい人間と舌戦をたたかわすのは知的リクレーションであるが、あたまのわるい人間と言い合いをするのはエネルギーの損耗《そんもう》である。へリクツは、あたまのわるい証拠である。とくに「何々にとって何々とは何か」という、あの聞きかたは低脳の会話である。

姥ざかり

九月十七日

男はそんなに円熟しなくてもよい。角熟《かくじゅく》でよい。男の沽券《こけん》というのがあるが、ときどきそれを出して見せたらよい。定期券みたいなものだ。私は〈男の沽券定期券説〉である。沽券を出したり、ひっこめたりしている男は可愛げがあるというわけである。主義信条を出したり引っこめたりするところに、人間の器量が問われるわけ。

人生は、だましだまし

九月十八日

自分で自分にめくらましをかけて夢をつむぐのが女かもしれない。

楽老抄

九月十九日

人が「求ム幸福」と広告しながら、その実、しんから求めていないものは、幸福ではなかろうか。神サマに幸福をねだって、神サマが、「美しくて不幸なのと、醜くて幸福なのと、どっちをえらぶか」といわれたら、たいていの女は、不幸でも美しいほうをえらぶのじゃないかしら。

愛の幻滅

九月二十日

私の感覚では、女のひとというものは、内側はいつも温かくてとろッとしていて、溶けそうに甘く、香ばしくて、やさしい、チョコレートのような部分があってほしい。どんなにきびしい職業をもっている人でも、どんな逆境に生きている人でも、チョコレートみたいな部分をもっていてほしいのです。それは、「愛することのできる」部分です。

i めぇ〜る

九月二十一日

本で読んで知ってるということは、はずかしいことであって、人にそれを教えるのはもっとはずかしい。血肉になっていない知識は、知らないのと一緒である。

猫なで日記

九月二十二日

教養というものは、まわりくどいものなのだ。いつ役にたつかわからない。そういうものの積み重ねで、気の遠くなるほどの長い時間と人生の滴《したた》りが、人間の裡《うち》なる壺に落ち、貯められてゆくものだ。それを教養というのだ。

楽老抄

九月二十三日

人間のコトバがあるのは、お互いにいい気分を分かち合うためである。肉親、身内、知人、友人のあいだでは、いつもいい気分をただよわせておくものである。

男はころり女はごろり

九月二十四日

問いつめて、とことん聞きだすのは妻。見てみぬふりをして、問いただしたく思うことが口まで出かけても、むりにのみこむのが恋人。

証拠をつきつけて、ぎゅうといわせるのが妻。証拠を自分で握りつぶして、信じまいとするのが恋人。

人生は、だましだまし

九月二十五日

相手に手重《ておも》い圧迫を与え、しゃべりたくてたまらぬような気にさせるのは罪である。

秘密は自分だけがこっそりと瓶に蓋《ふた》をして、貯《たくわ》えておけばよい。そして、ときどきそっと蓋をあけ、柄の長い銀のスプーンをおろして、静かに内容《なかみ》をかきまわし、一さじすくいあげる。舌にうけた甘い秘密の蜜の味を、音なく嘗《な》めてたのしんでいればいい。

薄荷草の恋

九月二十六日

それから自分に惚《ほ》れること。自分を現にホメてくれる人がいるときはいうことがないのだが、これはちょっとしたきっかけで、お互い、ホメまくりあう、という手もある。ほめられると、人間はどんどん美しくなって見違えるようになるし、人をほめる癖がつくと、人の美点もよく目につく。

iめぇ～る

九月二十七日

ほんとうは、中年たちがみな、愛、結婚について一家言《いっかげん》をもつような社会にならなければいけないのに、いまの日本人、ことに中年のオトナは、「お金」についての一家言は持っているが、愛や恋についてはしゃべれないのだ。

iめぇ～る

九月二十八日

日常次元の言葉が、ある魔法によって、とたんに色かわり、手の切れそうにするどく、いきいきしたものによみがえる、そこから舞い上がる感動が、私には魅力である。

歳月切符

九月二十九日

ほめられたからといって「むははは」と喜んでいるわけにはいかないのだが、しかし、よくせき落ちこんでいるときに、むかし、ほめられた評など読むのは救いになる。インスピレーションがわかず、じたばたしているときに、フト、「この道抜けられます」という立札を見つけた気になる。

猫なで日記

九月三十日

若いころは何とも思わずに、「物理的に」正直なことをいい、感情をさらけ出す。ところが、真実の正直は、人間の感性の世界では比重がかわって真実にならないことがある。

ウソにみえるが、翻訳すると真実、真実ではないが、ウソでもない、いわば第二の真実というような微妙なあいだで、ものをいい、行動することが、かえって、真の真実に近づくというような、ややこしいことも生まれてくるのである。

日本のようにこまやかな四季のうつりかわり、精巧な美しい自然風土にかこまれ、独特の伝統や文化を保って来た民族にしてはじめて、そういう精神文化が育ったのだろう。

iめえ〜る

十月

夢をあきらめない

若い日の夢はあきらめずにじっと抱いていないといけない。
自分の身内に力の潮がみちてきたとき、
必ずその卵は孵《かえ》る。

十月一日

若い日の夢はあきらめずにじっと抱いていないといけない。自分の身内に力の潮がみちてきたとき、必ずその卵は孵《かえ》る。どうしても形を成さない、しかし夢の一つにはちがいないというものは筐底《きょうてい》深く秘めておく。

楽天少女通ります

十月二日

イロをつける、大目にみる、ふくみをもたせる、これはとてもたいせつだ。〈イロをつける〉心があれば世の中、スムーズにいくこと多し。そのつけかたに、オトナ度が出る。コドモではできない。

楽老抄

十月三日

老いは驚きや発見を失うことなのだ。しかしむしろそれを悲しむよりは、そういう〈老いの風景〉に興味を感じて、面白くてたまらない。若い人は、〈何をみても既知感があるなんて、人生索莫たるものじゃありませんか〉というかもしれないが、これが案外そうではない。

ああ、こういうの、以前にもあった、……と思うのは何だか手馴れた温《ぬく》みに漬かっているようで心地よいものだ。人生そのものが、ようよう使いこんで身に合ってきたという風情である。

楽老抄

十月四日

二十四歳というたら、人生という素材を「どうやって味つけしてやろうかしら」と考えているところ。おいしくなるのも、まずくなるのも、あなたの腕次第と違いますか。正直いって、二十四、五歳ぐらいのときは、ここで結婚できなかったらもうおしまい。三十、四十の女の人生なんてないのだと思ったこともありました。二十四歳イコール人生の極北という感じです。ところが、どうしてどうして。私の場合は三十なかばを過ぎてから、白馬に乗った王子さまならぬおっちゃんが花束持ってきてくれました。四十いくつになっても、五十いくつになっても、きっとそういうことがあると思います。

十月五日

人生には、すぐ役に立つたのしみと、役に立たぬたのしみがある。

篭にりんごテーブルにお茶…

十月六日

老けるのと「お婆《ば》ンくさくなる」のとは別である。

苺をつぶしながら

十月七日

私は、男でも女でも、一瞬、心を奪われる、というさまを見せる人がとても好きだった。またいえば、単純なことに心を奪われる人ほど、好きだった。

私的生活

十月八日

どちらかをとる、というような追いつめられた状況では、たとえとったほうを充たしても、たえず何か欲求不満がありますし、完璧主義というのは、ことに女の心を狭量《きょうりょう》にしてしまいます。

〈仕事もし、家庭ももつというのは、中途半端でよくない〉と今まではいわれましたし、女たちもそう信じてきました。しかし中途半端でも悪くはないと思われます。人生で徹底して追及して、それがきわめられたものがあるでしょうか。

人生のすべては、中途半端までしか追いつけません。すべてを完全にやり通すというのは、神の領分です。

iめぇ〜る

十月九日

人は、刃物や天災や戦争によって傷つき死ぬのではない。それは物理的な生命の消滅、生物としての終焉《しゅうえん》にすぎない。人は人によってのみ、傷つけられ殺される。人の言葉。人の仕打ち。人の感情。それだけが、人を活《い》かしもし、殺しもするのである。

iめぇ〜る

十月十日

私は、人間の掌《て》を通じて発現される愛情を、ちょっとばかり、信じている人間である。

愛の幻滅

十月十一日

まだしも人間は、人のワルクチをいっているときの方が、聞く身としてはおもしろい。その人間の度合いが、ワルクチをいうときに露呈するからである。

姥ざかり

十月十二日

老醜というのは、背がかがまったり、皺《しわ》がふえたり、という外貌《がいぼう》的衰残のことではなく、周囲を顧慮する柔軟性や、自分の現在位置を測定する能力のなさをいうのではないかと思い至った。

星を撒く

十月十三日

老いの入口で人はみなアタフタして、混乱し、あせる、何しろ、「老い」と相見《まみ》えるのは誰しも生れてはじめてであるから、どう対処していいかわからない。そのへんの応援の心がまえによって、以後の老いかたが変ってくるように思われる。

ぼちぼち草子

十月十四日

私が恋愛小説を読みたいというのは、恋すること、あるいは恋を失うことで変わってゆく、その変わりようがみたい、ということなのである。

猫なで日記

十月十五日

オトナのウソの中には積極的に虚構を打ち出す場合もあり、それが犯罪にならないのは相手の幸福を願ったり、相手を尊重するあまりのこと。正確、真実なればいい、というものではないので、このへんがオトナとコドモの分れみちである。

星を撒く

十月十六日

仲のいい父と母に守られて「ウチがいちばんいいんだ!」と思う幸福な子供たちが増えてほしい。皆さまのお家もどうかそうありますように。

星を撒く

十月十七日

年若い人の恋愛体験の深入りを、オトナがいましめるのは、オトナが人生の快楽の袋をかたくしめて、出し惜しみするためではない。ましてその機会に恵まれることの多い若い人をうらやんだり、そねんだりするためではない。

恋愛よりまず友情を知ってほしい、と願うせいではあるまいか。

iめぇ～る

十月十八日

一緒に笑うことが恋のはじまりなら、

弁解《いいわけ》は、恋の終りの暗示である。

人生は、だましだまし

十月十九日

松茸から連想したが、日本の古典も若者たちから遠ざかりはしないだろうか。学校で習うだけの、よそよそしいものになってはいないか。日本の香り、というような古典、かみしめれば香気あふれ、舌と心を蕩《とろ》かすような、佳《よ》き物語、美しい詩歌《しいか》、やさしい言い伝え、日本人の心を育んできた古典を、昔ながらの松茸の香気と味を愛するように、若い人たちにも愛してほしい。

ひよこのひとりごと

十月二十日

いまの私にとっての読書のたのしみは、好きな文体にめぐりあうことである。それから「詩」のある小説をたのしむというか、あとくち、余韻に詩のあるのがいい。そういう小説をみつける喜びがある。

歳月切符

十月二十一日

子供のときに味わった後悔や苦悩や挫《ざ》折《せっ》感《かん》などは、オトナになってからの人生航路のある種の道しるべになるが、「愛された記憶」は、人を支える。（私はこんなに愛されたのだ）という記憶が、のちに人を救う。

星を撒く

十月二十二日

子供は口ではいろんなことをいうし、可愛げのない反応もみせる。しかし、人の愛情はそっくり心の乾板にうつしとっていて、何十年も忘れないものなのである。

(私はこういうようなことを、あの人にしてもらった)と思うことが、生きてゆくバネになる。何でもない、ごく些細《ささい》なことを嬉《うれ》しく思うことがある。

星を撒く

十月二十三日

私がまず考えるのは、〈色をつける〉というのは、杓子定規に、ものごとや人間を断罪し、裁定するのでなくて、その判断の基準が直線的でなく、抛物線《ほうぶつせん》的であらまほしいこと。

いろんな発想、いろんな好みがあり、いろんな人生、いろんな生きかたもある。

一気にきめつけてしまわないで、ゆっくりした抛物線で、さまざまのことを、右を見、左を見て、想像しつつ、ゆるゆると結論を出したいものだ。

ひよこのひとりごと

十月二十四日

私には好きな言葉がいくつかあるが、その筆頭は、〈惚《ほ》れた弱み〉という言葉とその状況だ。しゃァない、アレには弱い、というのがある人はまことに好もしい。生きる姿に、いい風趣をたたえている。惚れた弱みを相手に悟られまいといろいろ気を遣っているところに、いうにいえぬ情緒が生れ、人柄の奥ゆきも出てくる。総じて〈弱み〉を持っている人はすてきである。

楽老抄

十月二十五日

心がわりというほど、ドラマチックなことはない。大きな事件やヤマ場があるわけではないが、ふとした心の揺れ、会話のはしばし、ちらとかいまみた考えかたから、愛がさめたりする。夕焼けの色が次第に褪せ、青ざめてゆくように心がうつろう、なぜ、いつの間に……というのもわからず――愛はさめ、人はかわる。かわるということほど、日常「ただごと」の怖しさを思い知らせてくれるものがあろうか。

猫なで日記

十月二十六日

ひょっとして、

(別れることになるかしら?)

――その言葉が脳裡《のうり》にひらめいたときから

〝別れ〟ははじまる。

考えついただけでもう〈アカン〉のである。

人生は、だましだまし

十月二十七日

別れに血を流しながら、それが憎悪や仇敵《きゅうてき》の間柄にならず、お互いに芳香を放つ傷になるには、双方ともに、つよい個性がいるのではあるまいか。

iめぇ～る

十月二十八日

若い人よ、多く深く本をお読み下さい。

私は、もし青春時代に還れるならば、という悔いは一度も持ったことはないが、ただ一つ読書に関してだけはある。私はあまりに文芸書関係になずみ過ぎた。若い方たちには、広く自然科学も人文科学も、哲学も宗教も、貪欲《どんよく》に読んで頂きたいと思う。——あとで読もうと思っても果せぬことが多い。人間の読書の手持ち時間は、意外に少いのである。

楽老抄

十月二十九日

古典を渉猟《しょうりょう》して好きな男にめぐりあうというほど楽しいことがあろうか、しかも若いころは看過《かんか》して通った男の魅力に、中年を過ぎてふと心捉えられるというのは興ふかい。

ほのかに白粉の匂い

十月三十日

どうしようもない。理屈が通じない。

そういうときはどうするか。

あきらめなければしょうがない。

蹴飛ばされて追い出され、むっとしつつもとにかく挨拶して文句をいわずに出ていく。

——と、神サンはその後姿を見、（うーむ、わりに根性のええトコあるなあ）と思って少し手心してくれる——か、どうかは、私もわからない。

ともかく、人は神サンの招待客である、と思う。

性分でんねん

十月三十一日

近年、定年間近に急に妻から離婚を要求されて狼狽《ろうばい》し、怒り悲しむ男が多い（反対に妻から去っていく男もいるのは無論である）。あれは、いまわかった。〈人柄の賞味期限〉が過ぎたのだ。つくだ煮や缶詰ばかりに賞味期限があるのではない、人柄にもある。ただしたべものと人柄のちがう所は、人柄は修行すれば（いや、そんなむつかしいコトバは止《よ》そう、かしこくたちまわれば、でいいや）いつも旬《しゅん》でいられる、ということだ。周囲への配慮、というのが人間の必要最低限の愛で、旬の条件のいっぱいなのだ。いや、とっぱなだから。

楽老抄

十一月

毎日の楽しさ、というもの

私は人生を楽しむために生きるのだ、と思っている。
そして私の場合、楽しむことは人を愛すること、
人に愛されること、にほかならぬのである。

十一月一日

人は何のために生きるか？　ということを私はいつも考えている。私は人生を楽しむために生きるのだ、と思っている。そして私の場合、楽しむことは人を愛すること、人に愛されること、にほかならぬのである。

男はころり女はごろり

十一月二日

〈人生は〝荘重《そうちょう》〟になったらあかん、と思うわ〉と私はいった。悲壮とか荘重、壮絶、なんて気分は、今日び、ドラマや小説の中だけでいい、と私は思っている。

なにわの夕なぎ

十一月三日

でも、あんたに会って、私はわかった。どこからともなく、いい匂《にお》い、慕《した》わしい匂いが流れてくる、おや、これは何だろうと気付いて、あたりを見廻してみたら、それは私を愛してくれる心が放つ匂いだったということ。それに気付いたというのは、私も恋していたということなのよ。

不機嫌な恋人

十一月四日

「人の気持って、いい匂いの花のように遠くからでも匂うわ。あなたの魂が匂っているんだわ。純粋な魂が」

不機嫌な恋人

十一月五日

ひらかなで書く、考える、ということは、ひらたく考えるということで、平仮名を多用し、読みにくくすることではない（適所に漢字を入れたほうが読み取りも理解も早い）。

ひらたく考えるというのは〈ねばならぬ〉をやめて〈こうしたい〉という気持に忠実になることであろう。

楽老抄

十一月六日

（すると、すると、ばかりだが、思うに人生は〝すると〟の連続である）

ひよこのひとりごと

十一月七日

恋を知った、――若すぎるころに恋を知った人々は、もうそのはげしい刺戟《しげき》に心がしびれて、友情のようにあわあわしい喜びには感応できなくなってしまう。とくに、男より女はその傾向が強い。

いったん、恋という美酒の味をおぼえたら、友情というような、ミカン水かラムネ、あるいはせいぜいがコカ・コーラといった清涼飲料水では酩酊《めいてい》できなくなるのである。

iめえ～る

十一月八日

それに、わたくしもそうでございますが、草の枯れた匂いは大好きでございます。お日さまの匂い、土の匂いをとどめていますわ。その上、たのしかった思い出、嬉しく思ったそのときどきの人の優しさとか、なつかしく思い出させるものは、草の枯れた匂いでございますわ。

不機嫌な恋人

十一月九日

不道徳で面白い人生と、道徳的でも面白くない人生なら、私は、前者のほうをとるかもしれない。

愛の幻滅

十一月十日

できれば、女の人は仕事を持って欲しいと私は思うんです。仕事をしていると想像力も出てくるし、いろんなことにぶつかるし、ぶつかれば、つきつめて考えないわけにはいかないので、自然に社会的考察をしますしね。また、挫折も味わうでしょう。するとそこからまた思いやりやかわいらしさが出て、反対に甘えがなくなっていくと思うんです。

こうして、ものを考える力がついたとき、女性はいつまでも色あせない魅力をそなえていくと思うのです。

ほのかに白粉の匂い

十一月十一日

毎日の楽しさ、というものは、子供が成長するみたいにあとへ、形になって残るというものではないが、しかし目に見えず蓄えられてゆく。小さいひとこまに、毎日の楽しさというものが、きれいな色で塗られてゆくと、何十年かたって生涯の終りに、びっくりするようなきれいな模様を描き上げてるのを発見する、そういうものであるのだろう。

お目にかかれて満足です

十一月十二日

娘たちは、いじらしい女心は秘めているけれども、女の意識はちゃんと醒めていて、

——結婚もいいが、しかし仕事も面白い。

——子供の世話に埋没するような主婦生活はいやだ。

——夫の身内と一緒にすむなんて、どうせトラブルのもとだ。彼は好きだが、こんな結婚は避けた方が賢明なようだ。

などと考察し、識別し、選択するのである。それを打算的というのはちょっと的はずれで、要するに女の子たちの人生を見る目が肥えてきたのだ。型にはまった幸福を美味しく食べようという、その舌が肥えてきたのだ。

生活を、（それ、本当に美味しいの？）と疑い出したのだ。

ほのかに白粉の匂い

十一月十三日

好意と恋は、発音は似ているが、
実質はたいへんちがう。似て非なるものだ。

言い寄る

十一月十四日

女というものは、とても欲深なものなんですね
――愛の生活が充たされたら、
こんどは仕事がしたくなるものなのですね。

手づくり夢絵本

十一月十五日

恋は人を策士にもするが、哲学者にもする。

猫なで日記

十一月十六日

生きて、愛して、人生を楽しむこと、それがまず根本にあって、それを守るため政治も経済も法律もあるのである。お金も若さも美しさも、音楽も本も、そのためなのだ。今はもうみんな、ひっくり返ってしまった。本末転倒になっている。私としては、声を嗄《か》らしてメガホンで屋根の上から叫んでも、誰も聞いてくれないのだから仕方ない。もう、かくなる上は一々面倒を見ちゃいられない。私個人だけでも、そう生きるのだ。まいにちの生活を大事にし、好きな人にかこまれ、チョコレートを楽しんだり、バラやレースの服を愛したりして、人生を終わるつもりだ。

iめぇ～る

十一月十七日

恋に関する疑惑は、相手に問いただしたとき、本当になってしまい、すべて明るみへ引き出されてしまうのだ。恋は問いただすものではないのだった。

不機嫌な恋人

十一月十八日

家庭ももち、仕事ももちたい、という女性は、できるだけ、貪欲《どんよく》に、二《に》兎《と》を追ってほしいのです。

そのためには、自分だけの家庭のかたちを考え出したらよろしい。これでなければいけないという形はありません。

iめぇ〜る

十一月十九日

「恋という恋をしつくした女」は、おのずと人間の心に対して悟りというか、解脱《げだつ》したものがあるのかもしれない。人間を洞察すると、ゆるすほか、なくなる。

個性がハッキリしてひとりだちできるのは、やさしい人でないとだめだというのは、そのためである。そのやさしさは、相手をゆるすことのできる、強さに裏打ちされたものでないといけない。

iめぇ～る

十一月二十日

人は急に老いるわけではない、チャンと手つづきを踏んで老いてゆく、しかし人間のほうがそれを認めたくない、というところがある。そこで猛烈な葛藤が引き起される。

（こんなハズではない）

という気がある。

（心外だ、なぜこのオレが）

と思ったりして、精神はまだ真夏の男ざかりという気であるのに、肉体のほうは凋落の秋を迎え、その背馳《はいち》に深い混乱をおぼえて、いつまでも慣れない。この時期こそ、大切な季節であろう。

ここをうまく調和して乗り切ると、老いともナアナアでつきあえるようになるであろうが。

ぼちぼち草子

十一月二十一日

ハイ・ミスが老けるのは、自分で、

（もうアカン……）と思ったときだ。

ベッドの思惑

十一月二十二日

女が自分に出逢えるのは、一人旅のときである。

星を撒く

十一月二十三日

面白おかしい家庭、というのはあり得ない。

平和と、面白おかしいこととは、両立しないから。

人生は、だましだまし

十一月二十四日

人生そのものは無味乾燥であるが、味わう人の舌によって、ちがう味が生れるのだ。

魚は水に女は家に

十一月二十五日

別れには、別ればなしなど必要はないのだ。少将が不用意に、「もし……したら別れる」と放言したときから、すでに別れははじまっており、愛は滅びはじめたのだ。

不機嫌な恋人

十一月二十六日

つくづく思うに、(昔から人間というものはそうだが)ことに現代では、真の生きるよろこびというのは、愛すること、愛されること、しかないのである。

そして、私たちオトナが、これからの子どもに対して教えることは、人を愛することのできる人間になることだけである。

iめぇ～る

十一月二十七日

別れなんてコトバには、「……たら」はないのよ。もし……したら別れる、ということは、何々しないでも別れる、ということじゃないの。別れる、というコトバ自体に、おそろしい力があるんだわ。別れる、というコトバを出したことが、もう、別れそのものなんだわ。そんなことも知らないの？

不機嫌な恋人

十一月二十八日

私の場合、男にたよってよりすがろうとするのは愛とは思えなかった。少くとも、それは「愛されること」ではあろうけれど「愛する」ことじゃないのだ。

お目にかかれて満足です

十一月二十九日

これからの女性は、きっと仕事を生き甲斐にする、という人がふえるでしょう。ただ、その場合も、もし、愛する人にめぐりあったら、その「甘い、やわらかい部分」をたいせつにして、そちらの人生でも生きてほしいのです。

iめぇ〜る

十一月三十日

何が幸福、ったって、昔のことはみな、「あの世のこと」に思えるなんてことほど、幸福な状態があろうか。それほど今の生活が充実している、ってことだもの。ただしいっとくと、「あの世」とここでいうのは「前の世《さき》」というぐらいの意味であって、これから我々がゆく将来の、「あの世」ではないのだ。

苺をつぶしながら

十二月

人生のタカラモノ

人生はトシ相応のタカラが
ゆく手ゆく手に埋められてある。

十二月一日
〈ま、人生はだましだまし保ってゆくもの、
ゴチャゴチャしてるうちに、持ち時間、終るわよ〉
人生は、だましだまし

十二月二日
私は、男・女の境界をなくすより、つくったほうが、断然、人生はたのしいと思うものだ（こういうと、多分反対意見は多いと思うが、理不尽な不平等は是正すべきであるものの、伝統的文化の領域では、男女差をみとめた方が、人生にバラエティができていいんじゃないか、と思う）。
ひよこのひとりごと

十二月三日

自分が択びとった別れでなく、向うが去っていってしまったときは、「別れ」の波はとても大きく、足もとをさらわれてしまうかもしれない。生きているものの息の根をむりに止めるような別れは、女の手に、あと何も残さないほどショックは大きいが、それでも潮が引いてしばらくたつと、結晶のかけらが残って光っているのをみつけるだろう。それは、「あんなに烈《はげ》しいショックだったのに、まだ生きてる……」という大発見である。そのうちにオナカが空いてくるという小発見。やがて、「お互い、こうしかできなかったんだ」ということを発見する。

こうやって女たちは別れのたびに、少しずつタカラモノを手中にし、それが女たちを美しくしてゆく。

ほのかに白粉の匂い

十二月四日

いい女、などというのは、
別れのあと何を手に残したか、
という女なのではなかろうか。

ほのかに白粉の匂い

十二月五日

せっかくの人生を、もっと面白く愉《たの》しもうというとき、
友情というのは、これはすごいタカラモノである。

いっしょにお茶を

十二月六日

人生はトシ相応のタカラが
ゆく手ゆく手に埋められてある。

宮本武蔵をくどく方法

十二月七日

断定する人、説教する人、じーっと、ようく見てみると、ほんとうに幸福じゃないみたい。本当に幸福な人は、他人のことにかまうひまなんか、ないからである。

中ぐらいに幸福な人が、断定したり、説教したりしている。そうして、それは、中ぐらいの幸福を、最高の幸福と信じているからかもしれない。

iめぇ〜る

十二月八日

少女たちはまだ「思いやり」を持つことはできない。それは人生キャリアを積み、想像力のひきだしを多く持ち、生きすれてきてはじめて湧き出るものである。少女たちは教えられてそれを積み重ねてゆく。

歳月切符

十二月九日

たのしいことはこれからもまだいっぱいある、と思いたい。まるで、これきり、人生の面白いことはなくなるように、「思い出」の蒐集《しゅうしゅう》をするのはいやらしい。

魚は水に女は家に

十二月十日

いまにも再会できそうであった河中サンとはなかなか機会がなく、日が過ぎてしまった。
こういうことは世の中にはよくあり、いやな人間とはたてつづけに会うのに、会いたい人にはずうっと会えず、それでいて、明日でも会えるような気がしつつ、年をかさねてゆく。

薄荷草の恋

十二月十一日

男と女というのは、所詮、わかり合えないものなのか、という気がするときもある。ひょっとしたら、そうなのかもしれない。わかったような気がしているだけで、真実のところはお互いに手さぐりして、こうもあろうか、ああもあろうかと考えているだけかもしれない。

ほのかに白粉の匂い

十二月十二日

「何クワヌ顔」というのは、男と女の、ほんものの恋に、いちばんたいせつなものだ。

愛の幻滅

十二月十三日

私は、若い女の子が結婚にあこがれ夢みるのを悪いとはいわないが、それを一律に、同じように考えないでいてほしいと思う。結婚なんて、ごくごく、プライベートな問題でしょ。おヨメにいくいかぬ、なんてのは、ひとりひとりの「個人的事情」でしょ。人それぞれ好みも趣味も価値観もちがうはず、十人いれば十のタイプの結婚があってもいいのに、みな同じような結婚をしようとする。そこに問題がある。

ほのかに白粉の匂い

十二月十四日

結婚しなくても、しても、人生の苦や楽は同じようについてまわるのだ。子供がいてもいなくても、老年の生き甲斐《がい》や孤独は同じようなものではなかろうか。要はその人間の心のもち方次第、健康次第だし。ただ好ましいのは、そして楽しみなのは、一緒にいて弾力ある快楽を与えられる異性である。そういう存在と、めぐりあうことに尽きるように思われる。

魚は水に女は家に

十二月十五日

東野は、恋には怒り恋、笑い恋、泣き恋、と三通りあるといったけど（中風の発作ではないけれど）友人にもそれはある、と私は思う。怒り友達、泣き友達、笑い友達である。

愛の幻滅

十二月十六日

愛の思い出、恋の月日のつみかさなり、それらは煙のように手でつかめませんが、しかし体の奥ふかくしみつき、くゆり、濃く匂い立って、人々の人生を変えてしまいます。

iめぇ〜る

十二月十七日

宴が果てる（宴は、果てるものである、つねに）。たのしいことが終る。（たのしいことは、終りばかりに思える。始まりは中々、来ないのに）そのとき、席を立つ、その立ちかたに、人間のすべてが出るものだと、わたしは思う。

猫も杓子も

十二月十八日

達観、というのは、心中、
〈まあ、こんなトコやな〉とつぶやくことである。

人生は、だましだまし

十二月十九日

十代、二十代、三十代、と人生をかさねているうちに「別れ」の波が引いたあと、手にのこるものが多くなってゆく、それがふえて、いい女（オトナの女、といってもいい）になるんじゃないかと思われる。

ほのかに白粉の匂い

十二月二十日

自分自身の身内にも、イヤな奴《やつ》はいるかもしれない。（他人や、他人や）とつぶやいていたりすればよい。干渉がましくいわれれば（他人やのに親身に考えてくれはる）と思い、うとうとしくされたら（他人やから当然）と思えばよい。

「血」は水より薄いのである。そしてどんな人間にも好奇心を持たせる部分がある。

どんなにしてもキライな人はキライ、というときも世の中にはある。そのときのために、いろいろたのしく生きるすべを書きつけてみた。限りある人生ですから、たのしく過ごして頂戴《ちょうだい》。

いっしょにお茶を

十二月二十一日

七十ともなれば社会万般、人生全般についての省察もゆきとどき、胆力も据わってくる。人生的ショックが生じても、かねての信念や嗜好に照らして出処進退、適当に対応できるであろう。しかし、五十・六十代はまだ発展途上人生である。まして四十代は、どたばた、じたばた、の世代。その逆風さかまく中を乗りこえてはじめて、そこばくの人生観、人間観を手にすることができるのだ。そのために持つ体力、神さまはよく考えていて下さっている。

ひよこのひとりごと

十二月二十二日

女は、ヨソの人と同じような形での幸福をのぞみつつ、それでもなお、ひとあじちがう人生を、と考えているのではなかろうか。

いっしょにお茶を

十二月二十三日

私はかねて、〝生きる〟ということは、人と人が笑いあい、扶《たす》けあい、——して、要するに、人生は愛するに足るものだと発見する、それに尽きる、と思っていた。私の書くものも、ゆき届かぬなりに、そんな思いをこめ、書き継いできたつもりである。

ひよこのひとりごと

十二月二十四日

夫や子どものとらえた自分と、ちがう自分を、把握してくれる、愛してくれる友人をもつことは、人生の喜びでなくて何であろう。

iめぇ～る

十二月二十五日

私は、人生は「ダマしダマし保ってゆく」のがよい、とかねて考えている人間だが、何かの楽しみの名残りがひと月保てばたいへんなものである。

いっしょにお茶を

十二月二十六日

下にいて、いがみ合ったり、愛し合ったりしている、当事者のナマ身の自分には見えない部分も、上から見おろすと、ようく見える。だから相手の言い分も出かたも、

（なるほど……）

と思わせられるところがある。

全体が把握できる、というのは、そういうことをいうのだ。

いっしょにお茶を

十二月二十七日

人生の中で残るものと残らぬものについて考える。人の世のならいの中で、大きな意味があると、誰もが思っているもの、――身すぎ世すぎの仕事、子供、結婚、そういうものが残るとは限らない。形になって残らない、いろんな記憶が、むしろ人生の最後のとき、その人の両手にのこるものかもしれない。

魚は水に女は家に

十二月二十八日

笑いで人と人をむすび合わせる。

ひよこのひとりごと

十二月二十九日

愛して、愛されて、楽しんで、そして命の終わるとき、棺の中にはいりながら、
〈アア、楽しかった！〉
といえるような人生を、
私は送りたいと思っている。生き残る人に、シッケイ！　と手をあげて、
〈楽しかったね〉
と握手して、またね、といえるような人生でありたいな、などと空想する。

iめぇ〜る

十二月三十日

人間はたのしいなあ。いいところがいっぱいある。

人生は変幻の猫である。

私はその夢の猫を追いつづけるのである。

猫なで日記

十二月三十一日

年こそはうつりゆくなれ

人こそはかわりゆくなれ

かわらぬものは

おとめの日のゆめ

或る年のカレンダーより

単行本　二〇〇九年四月　海竜社刊

本文デザイン　大久保明子
DTP制作　エヴリ・シンク

本書の無断複写は著作権法上での例外を除き禁じられています。
また、私的使用以外のいかなる電子的複製行為も一切認められておりません。

文春文庫

上《じょう》機嫌《きげん》な言葉《ことば》366日《にち》

定価はカバーに表示してあります

2019年10月10日　第1刷
2023年11月25日　第6刷

著　者　田《た》辺《なべ》聖《せい》子《こ》
発行者　大沼貴之
発行所　株式会社　文藝春秋

東京都千代田区紀尾井町 3-23　〒102-8008
TEL 03・3265・1211㈹
文藝春秋ホームページ　http://www.bunshun.co.jp

落丁、乱丁本は、お手数ですが小社製作部宛お送り下さい。送料小社負担でお取替致します。

印刷・TOPPAN　製本・加藤製本

Printed in Japan
ISBN978-4-16-791375-5

（　）内は解説者。品切の節はご容赦下さい。

田辺聖子
女は太もも
エッセイベストセレクション1

オンナの性欲、夜這いのルールから名器・名刀の考察まで。切実な男女のエロの問題が、お聖さんの深い言葉でこれでもかと綴られる。爆笑、のちしみじみの名エッセイ集。（酒井順子）

た-3-47

田辺聖子
おちくぼ物語

継母にいじめられて育ったおちくぼ姫。ある日都で評判の貴公子・右近少将が姫の噂を聞きつけて……。美しく心優しい姫君と純愛を貫こうとする少将とのシンデレラストーリー。（美内すずえ）

た-3-50

田辺聖子
とりかえばや物語

権大納言家の若君と姫君には秘密があった！　実はこの異母兄妹、若君は女の子、姫君は男の子。立場を取り替えて宮中デビューした二人の、痛快平安ラブコメディ。（里中満智子）

た-3-51

田辺聖子
老いてこそ上機嫌

「80だろうが、90だろうが屁とも思っておらぬ」と豪語するお聖さんももうすぐ90歳。２００を超える作品の中から厳選した、短くて面白くて心の奥に響く言葉ばかりを集めました。

た-3-54

田辺聖子
おいしいものと恋のはなし

別れた恋人と食べるアツアツの葱やき、女友達の恋の悩みを聞きながら食べる焼肉……男女の仲に欠かせない「おいしい料理」と「恋」は表裏一体。せつなくてちょっとビターな9つの恋物語。

た-3-56

田辺聖子
上機嫌な言葉366日

人生を愉しむ達人・お聖さんのチャーミングな言葉366。白黒つけない曖昧な部分にこそ宿るオトナの智恵が、硬い頭と心を解きほぐしてくれる。人生で一番すてきなものは、上機嫌！

た-3-58

田辺聖子
歳月がくれるもの
まいにち、ごきげんさん

独身、それは楽しい。結婚、それも楽しい。自分のいいところは自分がちゃんと知っている。人間の可愛げを見つめ「やらかい気持ち」で幸福を感じさせてくれる、宝石のような25編。

た-3-59

安野光雅
絵のある自伝
昭和を生きた著者が出会い、別れていった人々との思い出をユーモア溢れる文章と柔らかな水彩画で綴る初の自伝。心温まる追憶は時代の空気を浮かび上がらせ、読む者の胸に迫る。

あ-9-7

阿川佐和子
バイバイバブリー
根がケチなアガワ、バブル時代の思い出といえば…。あのフワフワと落ち着きのなかった時を経て沢山の失敗もしたから分かる、今のシアワセ。共感あるあるの、痛快エッセイ！

あ-23-27

浅田次郎
君は嘘つきだから、小説家にでもなればいい
裕福だった子供時代、一家離散の日々で身につけた習慣、二人の母のこと、競馬、小説。作家・浅田次郎を作った人生の諸事が綴られた文章に酔いしれる、珠玉のエッセイ集。

あ-39-14

浅田次郎
かわいい自分には旅をさせよ
京都、北京、パリ……誰のためでもなく自分のために旅をし、日本を危うくする「男の不在」を憂う。旅の極意と人生指南がつまった、笑いと涙の極上エッセイ集。幻の短篇、特別収録。

あ-39-15

安野モヨコ
食べ物連載
くいいじ
激しく〆切中でもやっぱり美味しいものが食べたい！　昼ごはんを食べながら夕食の献立を考える食いしん坊な漫画家・安野モヨコが、どうにも止まらないくいいじを描いたエッセイ集。

あ-57-2

朝井リョウ
時をかけるゆとり
カットモデルを務めれば顔の長さに難癖つけられ、マックで休憩すれば黒タイツおじさんに英語の発音を直され。『学生時代にやらなくてもいい20のこと』改題の完全版。　（光原百合）
あ-68-1

朝井リョウ
風と共にゆとりぬ
レンタル彼氏との対決、会社員時代のポンコツぶり、ハワイへの家族旅行、困難な私服選び、税理士の結婚式での本気の余興、壮絶な痔瘻手術体験など、ゆとり世代の日常を描くエッセイ。

あ-68-4

（　）内は解説者。品切の節はご容赦下さい。

安西水丸
ちいさな城下町
有名無名を問わず、水丸さんが惹かれてやまなかった村上市・行田市・中津市・高梁市など二十一の城下町。歴史的事件や人物の逸話、四コマ漫画も読んで楽しい旅エッセイ。（松平定知）
あ-73-1

赤塚隆二
清張鉄道1万3500キロ
「点と線」「ゼロの焦点」などの松本清張作品を「乗り鉄」の視点で徹底研究。作中の誰が、どの路線に最初に乗ったのかという「初乗り」から昭和の日本が見えてくる。（酒井順子）
あ-89-1

井上ひさし
ボローニャ紀行
文化による都市再生のモデルとして名高いイタリアの小都市ボローニャ。街を訪れた著者は、人々が力を合わせ理想を追う姿を見つめ、思索を深める。豊かな文明論的エセー。（小森陽一）
い-3-29

池波正太郎
夜明けのブランデー
映画や演劇、万年筆に帽子、食べもの日記や酒のこと。週刊文春に連載されたショート・エッセイを著者直筆の絵とともに楽しめる穏やかな老熟の日々が綴られた池波版絵日記。（池内　紀）
い-4-90

池波正太郎
ル・パスタン
人生の味わいは「暇」にある。可愛がってくれた曾祖母、「万惣」のホットケーキ、フランスの村へジャン・ルノアールの墓参り。「心の杖」を画と文で描く晩年の名エッセイ。（彭　理恵）
い-4-136

伊集院　静
文字に美はありや。
文字に美しい、美しくないということが本当にあるのか。〝書聖〟王羲之に始まり、戦国武将や幕末の偉人、作家や芸人ら有名人から書道ロボットまで、歴代の名筆をたどり考察する。
い-26-26

伊藤比呂美
切腹考
鷗外先生とわたし
前夫と別れ熊本から渡米し、イギリス人の夫を看取るまで。生きる死ぬるの仏教の世界に身を浸し、生を曝してきた詩人が鷗外を道連れに編む、無常の世を生きるための文学。（姜　信子）
い-99-2

井上ユリ
姉・米原万里

プラハのソビエト学校で少女時代を共に過ごした三歳下の妹が、食べものの記憶を通して綴る姉の思い出。初めて明かされる名エッセイの舞台裏。初公開の秘蔵写真多数掲載。（福岡伸一）

い-104-1

上野千鶴子
おひとりさまの老後

結婚していてもしてなくても、最後は必ずひとりになる。でも、智恵と工夫さえあれば、老後のひとり暮らしは怖くない。80万部のベストセラー、待望の文庫化！（角田光代）

う-28-1

上野千鶴子
ひとりの午後に

世間知らずだった子供時代、孤独を抱えて生きていた十代のころ……。著者の知られざる生い立ちや内面を、抑制された筆致で綴ったエッセイ集。（伊藤比呂美）

う-28-3

内田洋子
ジーノの家
イタリア10景

イタリア人は人間の見本かもしれない――在イタリア三十年の著者が目にしたかの国の魅力溢れる人間達。忘れえぬ出会いや情景をこの上ない端正な文章で描ききるエッセイ。（松田哲夫）

う-30-1

内田洋子
ロベルトからの手紙

俳優の夫との思い出を守り続ける老女、弟を想う働き者の姉たち、無職で引きこもりの息子を案じる母――イタリアの様々な家族の形とほろ苦い人生を端正に描く随筆集。（平松洋子）

う-30-2

遠藤周作
生き上手　死に上手

死ぬ時は死ぬがよし……だれもがこんな境地で死を迎えたい。でも死はひたすら恐い。だからこそ死に稽古が必要になる。周作先生が自らの失敗談を交えて贈る人生セミナー。（矢代静一）

え-1-12

江國香織
やわらかなレタス

ひとつの言葉から広がる無限のイメージ――。江國さんの手にかかると、日々のささいな出来事さえも、キラキラ輝いて見えだします。読者を不思議な世界にいざなう、待望のエッセイ集。

え-10-3

（　）内は解説者。品切の節はご容赦下さい。

小川洋子
とにかく散歩いたしましょう

ハダカデバネズミとの心躍る対面、同郷のフィギュアスケーターの演技を見て流す涙、そして永眠した愛犬ラブと暮らした日々。創作の源泉を明かす珠玉のエッセイ46篇。（津村記久子）

お-17-4

岡田光世
ニューヨークのとけない魔法

東京とニューヨーク。同じ大都会の孤独でもこんなに違う。お節介で、図々しくて、孤独な人たち。でもどうしようもなく惹きつけられてしまうニューヨークの魔法とは？（立花珠樹）

お-41-1

大宮エリー
生きるコント

毎日、真面目に生きているつもりなのに……なぜか、すべてがコントになってしまう人生。作家・大宮エリーのデビュー作となった、大笑いのあとほろりとくる悲喜劇エッセイ。（片桐　仁）

お-51-1

大宮エリー
生きるコント2

笑ったり泣いたり水浸しになったり。何をしでかすか分からない〝嵐を呼ぶ女〟大宮エリーのコントのような爆笑エッセイ集、第2弾。読むとラクになれます。（松尾スズキ）

お-51-2

尾崎世界観
苦汁100%

濃縮還元

初小説が文壇を驚愕させた尾崎世界観の日常と非日常。文庫化に際し、クリープハイプ結成10周年ライブがコロナ禍で中止になった最中の最新日記を大幅加筆。苦味と旨味が増してます！

お-76-2

尾崎世界観
苦汁200%

ストロング

尾崎世界観の赤裸々日記、絶頂の第2弾。文庫化にあたり「芥川賞候補ウッキウ記」2万字書き下ろし。「情熱大陸」に密着され、『母影』が芥川賞にノミネートされた怒濤の日を加筆。

お-76-3

岡田　育
ハジの多い人生
痴漢だらけの満員電車で女子校へ通った九〇年代、メガネ男子や献血、自らの大足が気になり、三十路でタカラヅカに開眼。世界の端でつぶやく著者会心のデビュー作。（宇垣美里）
お-78-1

大竹英洋
そして、ぼくは旅に出た。
はじまりの森 ノースウッズ
オオカミの夢を見た著者は、ある写真集と出会い単身で渡米する。読む人に深い感動と気付きをもたらす、人生の羅針盤となりうる一冊。梅棹忠夫・山と探検文学賞受賞作。（松家仁之）
お-80-1

開高　健
私の釣魚大全
まずミミズを掘ることからはじまり、メコン川でカチョックという変な魚を一尾釣ることに至る国際的な釣りのはなしと、井伏鱒二氏が鱒を釣る話など、楽しさあふれる極上エッセイ。

か-1-2

角田光代
なんでわざわざ中年体育
中年たちは皆、運動を始める。フルマラソンに山登り、ボルダリング、アウトドアヨガ。インドア派を自認する人気作家が果敢に様々なスポーツに挑戦した爆笑と共感の傑作エッセイ。

か-32-16

加納朋子
無菌病棟より愛をこめて
愛してくれる人がいるから、なるべく死なないように頑張ろう。急性白血病の告知を受け仕事も家族も放り出しての緊急入院、抗癌剤治療、骨髄移植——人気作家が綴る涙と笑いの闘病記。

か-33-5

川上未映子
きみは赤ちゃん
35歳で初めての出産。それは試練の連続だった！　芥川賞作家の鋭い観察眼で「妊娠・出産・育児」という大事業の現実を率直に描き、多くの涙と共感を呼んだベストセラー異色エッセイ。

か-51-4

河野裕子・永田和宏
たとへば君《きみ》
四十年の恋歌
乳がんで亡くなった歌人の河野裕子さん。大学時代の出会いから、結婚、子育て、発病、そして死。先立つ妻と見守り続けた夫。交わした愛の歌380首とエッセイ。（川本三郎）
か-64-1

（　）内は解説者。品切の節はご容赦下さい。

角幡唯介
探検家の憂鬱
チベットから富士山、北極……。「生のぎりぎりの淵をのぞき見ても、もっと行けたんじゃないかと思ってしまう」探検家・角幡唯介にとって、生きるとは何か。孤高のエッセイ集。
か-67-1

黒柳徹子
チャックより愛をこめて
長い休みも海外生活も一人暮らしも何もかもが初めての経験。NY留学の1年を喜怒哀楽いっぱいに描いた初エッセイが新装版に。インスタグラムで話題となった当時の写真も多数収録。
く-2-3

高橋順子
夫・車谷長吉
直木賞受賞作『赤目四十八瀧心中未遂』で知られる異色の私小説作家の求愛を受け容れ、最後まで妻として支え抜いた詩人が回想する桁外れな夫婦の姿。講談社エッセイ賞受賞。（角田光代）
く-19-50

小林秀雄
考えるヒント
常識、漫画、良心、歴史、役者、ヒットラーと悪魔、平家物語などの項目を収めた「考えるヒント」に随想「四季」を加え、「ソヴェットの旅」を付した明快達意の随筆集。（江藤　淳）
こ-1-8

小林秀雄
考えるヒント2
忠臣蔵、学問、考えるという事、ヒューマニズム、還暦、哲学、天命を知るとは、歴史、など十二篇に「常識について」を併載して、いま改めて考えることの愉悦を教える。（江藤　淳）
こ-1-9

小林秀雄
考えるヒント3
「知の巨人」の思索の到達点を示すシリーズの第三弾。柳田民俗学の意義を正確に読み解き、現代知識人の盲点を鋭くついた歴史的名講演「信ずることと知ること」ほかの講演を収録する。
こ-1-10

小林信彦
生還
自宅で脳梗塞を起こした、八十四歳の私。入院・転院・リハビリ・帰宅・骨折・再入院を繰り返す私は本当に治癒していくのか？人生でもっとも死に近づいた日々を記した執念の闘病記。
こ-6-39

佐藤愛子
我が老後
妊娠中の娘から二羽のインコを預かったのが受難の始まり。さらに仔犬、孫の面倒まで押しつけられ、平穏な生活はぶちこわし。ああ、我が老後は日々これ闘いなのだ。痛快抱腹エッセイ。
さ-18-2

佐藤愛子
冥途のお客
岐阜の幽霊住宅で江原啓之氏が見たもの、狐霊憑依事件、金縛り体験記、霊能者の優劣……。「この世よりもあの世の友が多くなってしまった」著者の、怖くて切ない霊との交遊録、第二弾。
さ-18-13

酒井順子
無恥の恥
「恥ずかしがり屋の日本人」はどこに消えた？　古来「恥の文化」を生きてきた日本人。SNS上で「自慢したい！」欲望が溢れ出した。文庫化記念に小林聡美さんとの抱腹絶倒対談を収録。
さ-29-9

堺　雅人
文・堺雅人
大きな話題を呼んだ、演技派俳優の初エッセイ。文庫版では蔵出しインタビュー＆写真、作家・宮尾登美子さんとの「篤姫」対談や、作品年表も収録。役者の「頭の中」っておもしろい。
さ-60-1

司馬遼太郎
余話として
竜馬の「許婚者」の墓に刻まれた言葉、西郷さんの本当の名前――。歴史の大家がふとした時に漏らしたこぼれ話や、名作の舞台裏をまとめた、壮大で愉快なエッセイ集。（白川浩司）
し-1-139

東海林さだお
ガン入院オロオロ日記
「ガンですね」医師に突然告げられガーンとなったショージ君。病院食・ヨレヨレパジャマ・点滴のガラガラ。四十日の入院生活が始まった！　他、ミリメシ、肉フェスなど。（池内　紀）
し-6-93

東海林さだお
ざんねんな食べ物事典
食べ物に漂う〝ざんねん〟を鋭く見抜いて検証する表題作から、誰も研究しなかった「ラーメン行動学」、インスタントラーメン60年史まで。爆笑必至のエッセイ集。（長田昭二）
し-6-97

（　）内は解説者。品切の節はご容赦下さい。

男の肖像
塩野七生

ペリクレス、アレクサンダー大王、カエサル、北条時宗、織田信長、ナポレオン、西郷隆盛、チャーチル……歴史を動かした不世出の英雄たちに、いま学ぶべきこととは？　（楠木　建）

し-24-4

男たちへ
フツウの男をフツウでない男にするための54章
塩野七生

男の色気はうなじに出る、薄毛も肥満も終わりにあらず。成功する男の4つの条件、上手に老いる10の戦術など、本当の大人になるための、喝とユーモアに溢れた指南書。　（開沼　博）

し-24-5

再び男たちへ
フツウであることに満足できなくなった男のための63章
塩野七生

内憂外患の現代日本。人材は枯渇したのか、政治改革はなぜ成功しないのか、いま求められる指導者とは？　身近な話題から国際問題まで、日本の「大人たち」へ贈る警世の書。　（中野　翠）

し-24-6

女の甲冑、着たり脱いだり毎日が戦なり。
ジェーン・スー

「都会で働く大人の女」でありたい！　そのために、今日も心と体を武装する。ややこしき自意識と世間の目に翻弄されながら、日々を果敢かつ不毛に戦うエッセイ集。　（中野信子）

し-66-1

字が汚い！
新保信長

自分の字の汚さに今更ながら愕然とした著者が古今東西の悪筆を調べまくった世界初、ヘタ字をめぐる右往左往ルポ！　果たして、50年以上ヘタだった字は上手くなるのか？　（北尾トロ）

し-68-1

コルシア書店の仲間たち
須賀敦子

ミラノで理想の共同体を夢みて設立されたコルシア書店に仲間として迎えられた著者。そこに出入りする友人たち、貴族の世界などを、深くやわらかい筆致で描いた名作エッセイ。（松山　巖）

す-8-1

ヴェネツィアの宿
須賀敦子

父や母、人生の途上に現れては消えた人々が織りなす様々なドラマ。「ヴェネツィアの宿」「夏のおわり」「寄宿学校」「カティアが歩いた道」等、最も美しい文章で綴られた十二篇。　（関川夏央）

す-8-2

水道橋博士
藝人春秋
北野武、松本人志、そのまんま東……今を時めく芸人たちを、博士ならではの鋭く愛情に満ちた目で描き、ベストセラーとなった藝人論。有吉弘行論を文庫版特別収録。（若林正恭）
す-20-1

水道橋博士
藝人春秋2
ハカセより愛をこめて
博士がスパイとして芸能界に潜入し、橋下徹からリリー・フランキー、タモリまで、浮き沈みの激しい世界の怪人奇人18名を濃厚に描く抱腹絶倒ノンフィクション。（ダースレイダー）
す-20-2

先崎　学
うつ病九段
プロ棋士が将棋を失くした一年間
空前の将棋ブームの陰で、その棋士はうつ病と闘っていた。孤独の苦しみ、将棋が指せなくなるという恐怖、復帰への焦り……。発症から回復までを綴った心揺さぶる手記。（佐藤　優）
せ-6-2

田辺聖子
老いてこそ上機嫌
「80だろうが、90だろうが屁とも思っておらぬ」と豪語するお聖さんももうすぐ90歳。200を超える作品の中から厳選した、短くて面白くて心の奥に響く言葉ばかりを集めました。
た-3-54

立花　隆
死はこわくない
自殺、安楽死、脳死、臨死体験……。長きにわたり、生命の不思議をテーマとして追い続けてきた「知の巨人」が真正面から〈死〉に挑む。がん、心臓手術を乗り越え、到達した境地とは。
た-5-25

田中澄江
花の百名山
春の御前山で出会ったカタクリの大群落。身を伏せて確かめた早池峰の小さなチシマコザクラ――山と花をこよなく愛した著者が綴った珠玉のエッセイ。読売文学賞受賞作。（平尾隆弘）
た-14-5

高峰秀子
わたしの渡世日記（上下）
複雑な家庭環境、義母との確執、映画デビュー、青年・黒澤明との初恋など、波瀾の半生を常に明るく前向きに生きた著者が、ユーモアあふれる筆で綴った傑作自叙エッセイ。（沢木耕太郎）
た-37-2

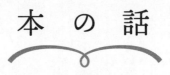